Canções de Bruxas e Poemas de Youkais

MATHEUS PONTES

CANTIGAS DA ESCURIDÃO
LIVRO DOIS

CANÇÕES DE BRUXAS E POEMAS DE YOUKAIS

partners coerência

DIREÇÃO EDITORIAL
Lilian Vaccaro

COORDENAÇÃO EDITORIAL
Bianca Gulim

ASSISTÊNCIA EDITORIAL
Jadna Alana
Raquel Escobar

PRODUÇÃO GRÁFICA
Giovanna Vaccaro

CAPA
Henrique Morais

DIAGRAMAÇÃO
Michael Vasconcelos

Dados Internacionais de Catalogação na Publicação (CIP)

Pontes, Matheus
Canções de bruxas e poemas de Youkais / Matheus Pontes
– 1ª edição – São Paulo: Coerência, 2023

ISBN: 978-65-89850-31-1

CDD: 869.3

Índices para catálogo sistemático:
1. Ficção brasileira 2. Terror 3. Fantasia I. Título

Grupo Editorial coerência | partners coerência

Rua Coronel Leme, 43 | Centro
Bragança Paulista | SP | 12.900-340
www.editoracoerencia.com.br
Tele.: (11) 9.8020-0810

Quando o Sol nasce é a hora dos youkais voltarem para o seu lar,
o seio do inconsciente da humanidade...

Autor desconhecido

AGRADECIMENTOS

Agradecimentos sempre são necessários, já que a produção de um livro não é um processo isolado. Você aprende com a convivência do mundo e das pessoas, pois nada é tão denso e detalhado e digno de ocupar a mente quanto as pessoas reais e seus dramas também reais. Aponto como agradecimento deste livro dois nomes principais: o também escritor e companheiro de editora Diego Peraçoli, autor de *O diabo na garrafa,* com o qual discuti detalhes deste livro durante meu processo de escrita e que trouxe para o meu *brainstorming* mudanças como o nome do livro; e meu sempre fiel leitor beta e guia mais experiente no caminho da literatura, Márcio Garcia Seufitele Pinto e suas sugestões ricas para o andamento das minhas ideias.

Devo tecer também meus agradecimentos ao próprio pessoal da Editora Coerência, em especial a Bianca Gulim, com a qual, em uma conversa no processo de revisão do primeiro volume, *Canções de bruxas,* acabou me dando o insight desta sequência. De forma não intencional, talvez, porque eu nem sequer planejava fazer uma continuação do primeiro livro.

NOTA SOBRE HAIKAIS

Haikais, haicais ou haikus, depende de como você conhece ou não conhece, é um gênero de poemas originário do Japão. Possuem um formato simples de três versos com dezessete sílabas, os assim denominados **ons音** em uma formação 5-7-5 com cinco sílabas ou sons no primeiro verso, sete no segundo e cinco novamente no terceiro. Os mais tradicionais não possuem títulos ou rimas e em geral estabelecem ligações entre os sentidos humanos e as estações, estas chamadas de **kigo季語.**

Além disso, existe também o conceito do **kireji切れ字,** palavras de corte usadas ao fim dos versos, criando efeitos similares aos das voltas em sonetos, por vezes jogando o leitor de volta ao início do haikai; não existem palavras com funções similares em línguas como o português e inglês, e sua função é parcialmente emulada por meio da pontuação, reticencias, etc. Apesar disso, diversos autores modernos transcendem algumas das regras que delimitam tais poemas, principalmente por conta da ausência de kirejis em outras línguas, o que gera deformações da estrutura 5-7-5 no processo de tradução.

Neste livro você topará com alguns haikais de minha autoria. Para os interessados, recomendo autores nacionais como Paulo Leminski e Millôr Fernandes, que se aventuraram no gênero.

INTRODUÇÃO

Um mês.

Estas duas palavras juntas foram a resposta prática que dei a uma entrevista não escrita a respeito de quanto tempo demorei a escrever *Canções de bruxas e rapsódias de fadas negras*, o livro que precede este que está diante de você. Diferente do que muitas pessoas imaginaram e ainda imaginam, não tinha a história pronta como ocorre com muitos escritores novatos em seu primeiro livro; muito menos um planejamento agressivo e prévio de anos com aquele trabalho. Eu estava escrevendo uma obra ainda não publicada, mas ainda guardada comigo quando o concurso da editora apareceu no *feed* de meu Facebook em uma madrugada de insônia. Assim, encontrei um objetivo, uma motivação e trinta e dois dias para cumpri-lo, afinal, eu precisava de algo novo e próprio para o concurso, não uma aceleração do meu projeto já em andamento, que tinha e ainda tem de ser concluído no tempo certo e com o carinho certo.

Na época, e ainda hoje, trabalhava em um projeto por hobbie em uma rede social de games, o Alvanista – uma rede ótima por sinal, me procure lá por thecriticgames. O nome do projeto? *Know your demon* ou KYD para encurtar. Semanalmente eu falava de seres de diferentes mitologias e folclores oriundos da franquia de jogos de JRPG Shin Megami Tensei. Foi uma mera desculpa para estudar e conhecer melhor esses seres interessantíssimos e as diferentes culturas supersticiosas de nosso mundo.

Mesmo hoje, passando das duzentas publicações, não estou nem perto de acabá-lo, contudo o conhecimento que as pesquisas desse hobbie me forneceram foi a base para toda a ideia de *Canções de bruxas e rapsódias de fadas negras*. Ainda assim, foram sufocantes e agitados trinta e dois dias de pesquisas e escrita corrida; às vezes lutando para o cérebro me dar ideias, sofrendo e tendo pesadelos em dias em que escrevia em excesso. A boa notícia é que o livro ficou pronto, saiu, ganhou um prêmio e me deixou feliz.

Passado aquele sufoco, cá estou nos meus episódios de tempos livres desta pandemia na difícil tarefa de escrever esta sequência que agora se passa em território asiático. O Japão, o país que mais vem à mente da maioria quando citamos a Ásia, é um mar de criatividade com respeito a seu folclore, mais vasto do que o folclore ou mitologias chinesas e coreanas, que também estudei e que compartilham alguns seres entre si, como a Raposa de Nove Caudas, que tem um nome em cada país. Muito de seu panteão de seres fantástico é dividido entre *youkais*, que seria o mais próximo da classificação da Cuca de nosso folclore.

Os *youkais* são forças da natureza em manifestações físicas com personalidades e seu próprio *modus operandi*, diz respeito a encontros com humanos e *yureis*, que são espíritos atormentados dos vivos que não deixam este mundo. Há ainda os Kamis, que são as divindades do xintoísmo. Existe algo de mágico e místico na Ásia por todo o seu território. Talvez seja algo de outro mundo encrustado nas próprias terras do lugar com a capacidade vulgar de influenciar ou ser influenciado pelo consciente e inconsciente humano, visto o número de seres fantásticos dessas culturas. Mesmo em países seculares como o Japão existe uma alta parcela da sociedade supersticiosa, o que pode ser estranho para muitos, uma vez que o nível de superstição costuma estar interligado com a religiosidade de uma nação e povo; isso não é absoluto, no entanto.

A regra se aplica também à parte asiática do continente europeu, mais especificamente ao Oriente Médio, repleto de lendas e seres também fantásticos e terríveis. Talvez haja uma correlação com os Sumérios da Mesopotâmia, um dos impérios mais antigos do mundo e um dos berços da humanidade em que atualmente se localiza o Iraque e o Kuwait.

Quero convidar você a não apenas conhecer os seres dessas diversas culturas, mas também a própria cultura. As narrativas são recheadas de informações que traçam um pouco dos hábitos e costumes de diferentes países e épocas, ao menos dentro da pesquisa limitada que pude fazer. Encorajo, inclusive, que todo leitor tão curioso quanto eu pesquise toda e qualquer palavra ou nome estranhos que encontrar nesta obra, que é uma fonte de roupas, costumes e seres de diferentes culturas. Assim como no primeiro livro, convido você a ser testemunha de alguns episódios em parte reais. Os contos *O Túnel Hitobashira* e *O incidente no Monte Hakkōda*, por exemplo, têm como base episódios reais e perturbadores da história do Japão. Irei me abster de revelar o que dali é real para evitar maiores *spoilers* e também para deixar que os de fato interessados pesquisem pelos nomes e pelas respectivas histórias e imaginem por conta própria o que houve em cada ocasião.

Condensar essas mitologias, folclores em contos com o tom de terror ou de fantasia sombria foi mais uma vez minha tarefa aqui, porque de fato há muitas criaturas assustadoras nesses folclores. Escrever contos, posso dizer agora com experiência, não é uma tarefa fácil, não quando você busca um nível de qualidade narrativa que aquela ideia merece; e nem sempre você está destinado a achar.

Engana-se quem pensa que um conto deve funcionar meramente como um livro pequeno. A dinâmica de um conto é outra. Engana-se também quem pensa que um livro de contos é menos trabalhoso por ser, até certo ponto, descomprometido e menos refém de tempo de desenvolvimento do que romances e novelas completas. Eles podem até ser, mas pensar em um livro de contos é como pensar em várias novelas diferentes em vez de uma só. Retrabalhar a dinâmica dessas narrativas para se adequarem ao formato de contos e criar uma dinâmica entre si pode ser desafiador. Foi um prazer escrever este livro e espero que seja tão prazeroso lê-lo.

Deixo ainda o mesmo aviso do primeiro livro desta série: assustar o leitor não é um trabalho fácil e não é o meu real intuito aqui, porém, se ao fim da leitura você se pegar fascinado com a fantasia sombria e com tais seres ou com maior interesse em algumas das mitologias, então minha missão com este livro estará cumprida.

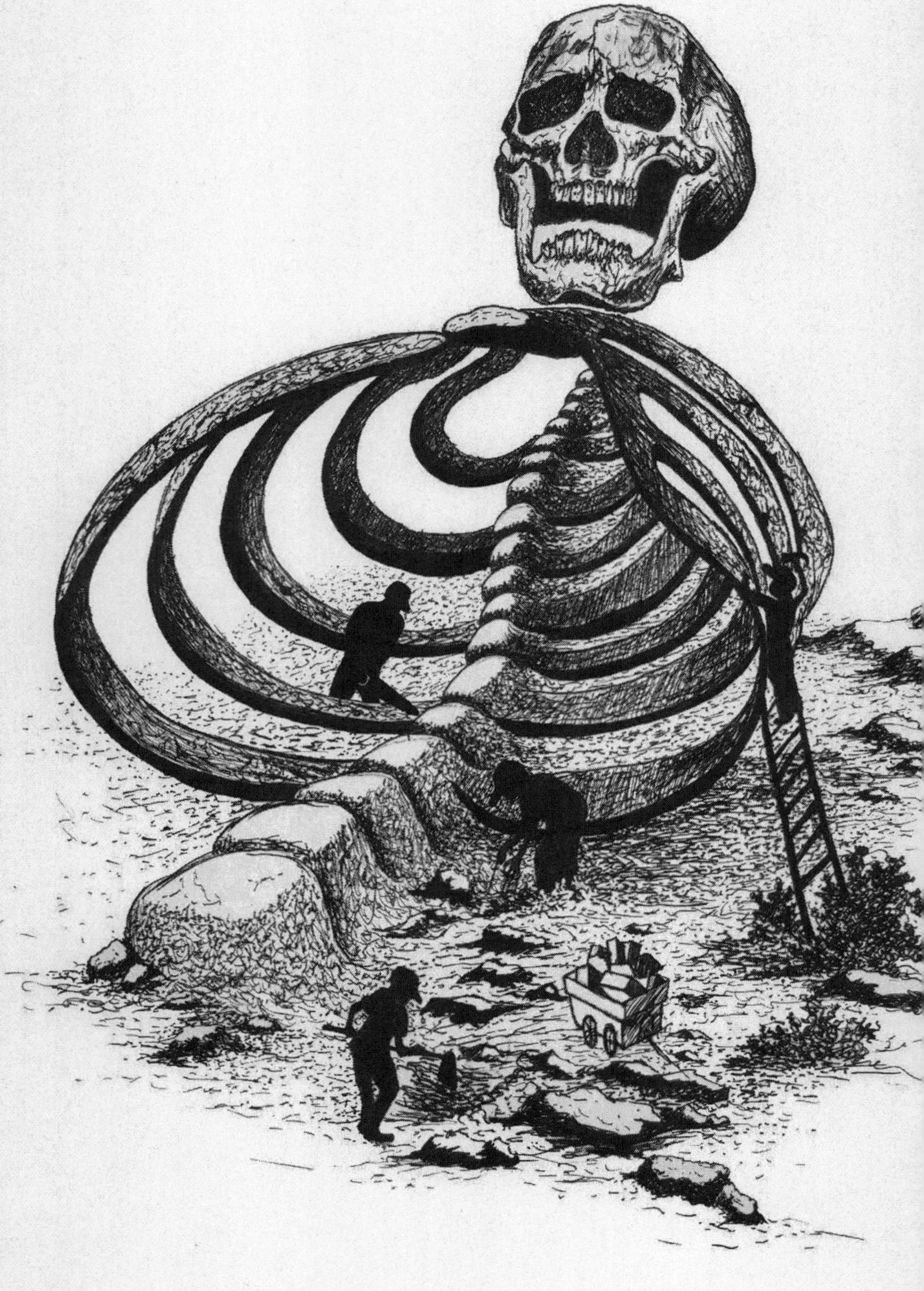

O TÚNEL HITOBASHIRA

Cidade de Kitami, província de Hokkaido, Japão, 1914

Foi no outono. Aconteceu em uma época muito caótica do Japão. O país tinha aberto suas portas para o ocidente e com isso tivemos um enorme investimento na modernização. Foi um desejo de nosso império que o Japão não ficasse para trás na corrida tecnológica, ainda mais com o período de conflitos contra os Russos[1] alguns anos atrás. Isso somado à vitória e conquista da Coreia[2] só fomentou o sentimento de realização, um espírito de força dentro da comunidade. Nós não sabíamos, no entanto, que estávamos todos tomados pela ganância; éramos cegos, e um cego só enxerga a verdade quando alguém abre seus olhos à força, tal qual ocorreu comigo.

Eu era o que pode ser definido como um "patriota", um nacionalista nato, algo bastante comum na época; somente a ralé da sociedade era diferente de mim neste ponto. Meus vizinhos, meus colegas de serviço e eu compartilhávamos de um amor sobrecomum por nossa terra, nação, povo, solo e espírito. Ainda nutro amor por essas coisas, mas não pelo povo, não por ele como um todo.

1. Guerra Russo-Japonesa (1904-1905)
2. Tratado de Anexação Japão-Coreia (1910)

Era fim de 1913 quando entrei em uma dívida a qual não achei importante, porém deixei que crescesse e tomasse meu dinheiro e minha vida. Para sanar esse pormenor, vi-me obrigado a aceitar um acordo, um trabalho longe de meu lar em Honshu, na ilha de Hokkaido, denominado "Trabalho Takoyeba". Era um tipo de trabalho pesado no qual pessoas endividadas eram preparadas para trabalhar em construções e obras de modernização do país até pagarem suas dívidas, fosse monetária ou moral; a dívida com a sociedade, por assim dizer, e continuassem ali empregados caso desejassem.

Sem ter como pagar minha dívida e envergonhado por ser uma pedra no futuro de minha nação devido a um vício em jogos, aceitei de bom grado. Na época, a modernização estava construindo mais estradas e túneis para os trens, veículos movidos a vapor atualmente muito populares no Japão. Na ocasião ainda era uma novidade em algumas das ilhas.

Ali, em um campo da cidade de Kitami, minha nova vida como "Trabalhador Tako" e como testemunha da história mais cruel de trabalho regularizado pela lei dentro do Japão teve início.

O foco do serviço era a construção de um túnel para a futura passagem de um trem para facilitar e acelerar a transição de tropas pelo Japão. A passagem ficava no meio do nada, escavada na rocha bruta. Hoje tenho noção de que tinha mais de quinhentos metros de cumprimento, túnel este conhecido atualmente por Túnel Jomon.

Quando cheguei ao lugar, o serviço já se encontrava em andamento e os trabalhadores *tako* faziam um pouco de tudo ali. Com machados cortavam as árvores para tirá-las do caminho, usavam enxadas para cavar a terra e terraplaná-la, picaretas para cavar na pedra bruta, pás para tirar os resíduos do túnel em carros improvisados em caminhos mal iluminados. Era um castigo para o traidor da pátria que ousara atrasar o desenvolvimento de seu país ao postergar pagamentos, eu pensava. Como eu era tão burro?

Em defesa do antigo eu, a crença de como me deixei levar pelo jogo e tardei meus pagamentos auxiliava naquele sentimento de dívida com o mundo, no sentimento de que era um lixo na sociedade e que merecia aquilo. Contudo, aquilo era mais inumano do que havia calculado.

Minha primeira função foi empurrar carrinhos de pedras. Levávamos eles para longe e virávamos as caçambas em um canto. Depois, eu e mais cinco homens tínhamos de colocá-los de volta no lugar e levá-los pelo túnel para a retirada de mais detritos e gangas.

O clima era de um frio terrível, mesmo para o outono. Ao mesmo tempo, meu corpo se aquecia rapidamente com o serviço e começava a suar. Assim sendo, o suor atiçado pelo ar frio da região tornou o trabalho desgastante, fazendo-me esfriar de novo, mas de uma forma irônica autossustentável.

Geralmente não sabemos os limites de nosso corpo, e acredito que apenas em situações extremas de esforço para sobreviver a elas é que descobrimos os nossos limites. Sentia-me exausto e tinha o sol como noção de tempo. A cada entrada no túnel um pedaço de mim rezava para que o sol já tivesse partido ou estivesse cada vez mais distante de seu ponto de origem. Cada viagem para dentro do futuro Túnel Jomon resultava em um novo olhar ansioso meu para o astro, buscando vê-lo no horizonte de partida. Ninguém que empurrava o carrinho compartilhava da mesma ansiedade, já que todos ali eram mais velhos do que eu. Os demais *takos* recém-chegados foram designados para tarefas diferentes, logo não tivemos como dialogar sobre aquilo.

Todos ali trabalhavam sob constante vigília dos militares e dos supervisores, os chefes de cada serviço. Uma pessoa de cada função foi chamada e separada e nossa equipe de cinco pessoas virou quatro, ficando ainda mais difícil. As pausas eram para a alimentação, mas nada de fazer todos os *takos* pararem, sendo alternadas. Diminuir o ritmo era aceitável, mas pará-lo não.

Fui o terceiro a ser chamado para a refeição de meu grupo. Meus braços doíam e meu estômago roncava. Ansiava por um pedaço de carne, nada de peixe; carne vermelha mesmo. Muitos não gostavam, no entanto eu adorava *yōshoku*[3], mesmo sendo um patriota nato. Sentia uma enorme saudade de tempura, pão e do bolo *kasutera*. Eu sabia que tais mimos não estariam à minha disposição, porém confesso que fiquei em choque quando vi o que seria meu alimento naquele dia: um pouco de arroz e sopa miso, além de água.

Meu choque de realidade foi cortado por um alarme: o roncar de meu estômago.

Comi aquela parcela de arroz quente com a sopa de miso com euforia, a fome torna mesmo a mais miserável refeição saborosa. Ao meu lado, outros nove homens almoçavam também o mesmo que eu, todos em pé, já que não havia bancos para nós.

— Ei, você, te colocaram em quê? — perguntou um outro homem, que reconheci sendo um dos novos como eu.

— Para empurrar o carrinho, e você?

— Estou dentro do túnel picaretando. Falei para o guarda que deviam afiar a picareta. Do contrário, a parede não vai se partir nunca. Aí conseguiram uma picareta mais afiada para mim, mas ainda assim é difícil de trabalhar.

— Até quando vamos ficar aqui?

— Não sei. Até terminar o túnel, talvez. Você está aqui por dívida ou trabalho?

— Sou um endividado estúpido — falei com rancor, olhando para o prato vazio.

3. Termo para pratos e comidas ocidentais que adentraram o Japão com a Restauração Meiji (1868). As três iguarias citadas pelo protagonista, por exemplo, foram todas introduzidas nesse período pelos portugueses. A carne vermelha passou a ser mais aceita também nessa época, pois era até então um tabu.

— Entendo. Aceitei esse emprego para dar uma vida melhor para minha irmã mais velha.

Enquanto ele falava, parei para observar as acomodações e vi que um grupo separado menor parecia ter mais arroz do que a gente. Eles se encontravam sentados. Não havia reparado que estávamos separados deles.

— Ei, pode me servir mais? — pedi ao funcionário.

Ele me olhou de forma estranha, largou o balde de arroz e se voltou para fora.

— Você é o supervisor desse grupo? — Ouvi sua voz berrando para alguém. — Você se esqueceu de novo de explicar as regras para os novatos! Quer que eu denuncie você para o *oyakata*, seu insolente?

— *Oyakata?* — Pensei alto, ainda ao lado do outro homem, o qual não me dei o trabalho de saber o nome.

— É o mestre do local e da obra — respondeu uma terceira voz, pertencendo a um homem velho e raquítico que comia ao nosso lado, parte de nosso grupo.

O supervisor veio até nosso grupo, cutucou meu ombro com um cacetete e fez um sinal de "não" com o rosto.

— Você é novo aqui. Me acompanhe. Vou explicar as regras. — Larguei meu prato com os hashis após comer pouco e o segui como me aconselhara. — Os trabalhadores aqui são divididos em três classes de acordo com a eficiência. Vocês são da classe mais baixa e são limitados, portanto existe um limite com relação à quantidade de arroz.

— Mas só aquilo? É muito pouco. Não era o combinado.

— Trabalhe mais e talvez em um mês ou dois suba de classe. Agora volte ao serviço — o supervisor ordenou, rígido.

Não acreditei naquilo. Como podia aqueles poucos nutrientes para trabalhar daquela forma? O pior era que o pagamento só vinha após o fim da obra. Ou seja, eu estava amarrado a ele para pagar minhas dívidas. Caso contrário, teria de aceitar ser um indigente; algo que meu *eu* da época jamais aceitaria, não com o orgulho.

O trabalho persistiu em cansaço e esforço monumental da parte de todos durante o restante do dia. Observando as pessoas, reparei em como eram magras. Os músculos estavam rígidos, ficando em evidência à medida que todos tiravam as camisas para não molhá-las de suor. O pessoal de dentro do túnel já se encontrava adiantado, trajando seus *fundoshis*. A frase "aperte bem seu *fundoshi*"[4] começava a ter um sentido nada engraçado para mim.

O trabalho quase incessante terminou com mais uma refeição, o jantar. O inacreditável para todos os novatos, inclusive eu, era que novamente tínhamos apenas arroz e sopa de miso na mesma quantidade. A ideia de aquilo ser nossa única refeição em almoço e janta por todos os dias me assombrou, e me vi amargamente arrependido de cada jogo que levara meu dinheiro suado. Senti-me um idiota completo por arruinar minha vida e me encontrar naquilo.

O arrependimento se solidificou na hora de dormir.

Os *takos*, assim como eu, dormiam em cabanas com tetos de palha. Usavam um cobertor grosso e se acomodavam em camas lado a lado. A parte baixa do teto de palha fazia com que todos dormíssemos com a cabeça virada para o mesmo lado, nos quais ficavam duas toras de madeira pregadas na horizontal. Elas atravessavam toda a cabana fazendo das toras uma espécie de travesseiro de madeira cumprido e único para dez pessoas. Não reclamei disso, pois a chance de dormir era uma dádiva divina.

Na manhã seguinte, acordei com dores musculares horríveis e com um frio tão assustador quanto o do dia anterior. O pior,

4. *Fundoshis* são roupas íntimas masculinas equivalentes a cuecas populares até o período final da 2° Guerra Mundial. "Fundoshi o shimete kakaru", literalmente "aperte bem seu fundoshi", é uma gíria para se preparar para um trabalho difícil.

ainda assim, foi descobrir o porquê das toras de madeira. Elas não eram nosso travesseiro comunitário, mas nosso despertador. Os guardas nos acordavam batendo com um martelo, vibrando a mesma de uma vez, sacudindo a cabeça de todos ali.

Mais um dia empurrando carrinho, mais um dia suando no frio, mais um dia comendo pouco arroz e miso... E mais outro, e mais outro. Comecei a tentar conversar com os veteranos para obter informações. Havia gente ali com mais de um ano naquele tipo de vida. Falavam, porém, que agora estava muito pior.

Ouvi boatos de que alguns morreram durante o serviço, e, embora a situação fosse absurda, as condições trabalhistas para tal evento eram plausíveis. Éramos funcionários, mas trabalhávamos como prisioneiros de guerra. Os corpos magros e machucados das pessoas ali alistadas me assustavam e logo passei a notar que alguns estavam adoecendo e os guardas nada faziam.

Por que não desistem desse trabalho?, eu pensava.

Mas eu também não desistia.

As escavações do túnel continuavam. Rotacionaram minha posição algumas vezes, na qual fui obrigado a minerar ou a tirar árvores do caminho. Em pouco tempo exerci todas as variadas funções daquele serviço, que tomava mais de treze horas de meu dia com uma pausa curta para o almoço. Ainda ouvi conversas de guardas falando que nossa ordem de trabalho era de quinze horas diárias, o que era muito pior do que pensara.

Minha capacidade de me acostumar com a situação estava começando a se solidificar quando ouvi gritos e uma discussão. Todos pararam o serviço e observaram quando dois homens foram arrastados por um grupo de guardas enquanto berravam.

— Esses dois aqui tentaram fugir! — berrou um dos guardas, que assaltou o homem com um cacetete, batendo nele enquanto gemia e se encolhia de dor no chão.

— Esse outro aqui vai servir de exemplo. Tirem as roupas dele! — ordenou o homem que eu identificava como o *oyakata.*

Logo o outro homem, este ainda novo como nós, foi amarrado a uma árvore de costas e despido. Com varetas de madeira foi golpeado nas costas e nas nádegas enquanto soltava berros horríveis de dor. Não notei, mas eu estava tremendo; tremendo de pavor. Aquilo não era um emprego, era uma armadilha. E eu era burro. A situação logo retomou com as ordens do próprio *oyakata.* Voltamos ao serviço e os homens foram deixados, machucados, sob vigia de dois guardas, desferindo lentas bicudas, obrigando-os a se reerguer.

No dia seguinte, algo novo aconteceu para marcar aquela rotina maldita. Sob ordens do *oyakata,* fomos todos reunidos em fileiras do lado de fora da caverna e das cabanas; os guardas se reuniram à nossa volta.

— Vocês vieram aqui para trabalhar, vieram aqui pela sua nação! — falou alto, firme e imponente o *oyakata.* — O imperador olha o serviço de vocês e saúda a todos. Não envergonhem seu imperador. Não envergonhem sua nação. Não envergonhem seu sol. Agora, repitam comigo: vamos construir o túnel e nada vai nos parar! — Um coro de vozes, misturando o berro firme dos guardas e um molenga nosso, repetiu diante da cobrança. — De novo! De novo! Mais uma vez!

A cada ordem daquele homem nós repetíamos a frase. Voltamos ao trabalho, e o *oyakata* às vezes passava próximo de nós, perambulando. Quando soltava outra ordem, repetíamos o lema sem parar o trabalho.

— Vocês irão repetir até gravá-lo em suas almas. Irão mostrar para cada imigrante o poder e espírito de nosso povo.

Aquelas ordens foram repetidas o dia inteiro.

Meses se passaram e eu já aceitava minha terrível condição. Não podia escapar. Era um prisioneiro, não funcionário. O dinheiro e as dívidas nem mais me importavam, pois passei a ter a perspectiva de que não sairia com vida dali quando vi o primeiro corpo caindo. Um homem havia morrido de má nutrição, e os guardas pegaram seu corpo e depositaram em uma área ao lado a céu aberto. Foi uma das coisas mais horríveis e desumanas que presenciei.

Quando você chora ou adoece em Hokkaido, quem o serve de médico é a morte, assim pensei com ódio daquela terra.

Outros adoeceram, outros morreram, novos funcionários vieram e uma ossada passou a se formar com os corpos jogados; aves e animais carniceiros comiam a carne destes. Não contava os dias, mas sabia facilmente que já estava naquele lugar havia mais de quatro meses. Não me pergunte como funcionava a minha especulação. Acho que lá no fundo mal podia esperar a minha vez de morrer.

O serviço tomou outros rumos. Com a escavação do túnel realizada, passamos também a montar o trilho e a trabalhar com as paredes internas do túnel, que foi a época em que vi e tive de exercer uma das práticas mais assustadoras da minha vida. Com os cadáveres formando uma montanha, dona de um cheiro cada vez mais insuportável, o *oyakata* deu a ordem de realizarmos com os cadáveres uma prática ancestral que era abominável para mim em tempos modernos. Cimentamos nossos colegas junto das paredes do túnel. Não há palavras para descrever aquele ato horrível e desumano. Isso era uma forma antiga de sacrifício humano em construções, acreditando que trazia força às fortificações.

— Eles estão dando a vida pelo túnel e para o túnel — disse uma voz que não sabia se era de guarda ou de vítima.

O túnel era escuro e passou a nos dar um maldito calafrio. Nossos colegas estariam ali para todo o sempre, longe de suas famílias e de um enterro digno. Compadecidos com as mortes, um dos funcionários pediu permissão para que pudesse realizar uma prece a Buda pelos falecidos antes e depois da nossa carga horária. Assim fazia, dando-nos alguns minutos de descanso enquanto tardava em suas preces diárias. Era como encontrar gotas de água para um homem morrendo de sede no deserto.

Alguns de nós passaram a juntar as mãos todos os dias e fazer uma breve prece antes de começar a trabalhar naquelas paredes. Ouvi preces xintoístas também, e uma que pouco conhecia, rezada por um dos trabalhadores mais recentes.

— Cristão, sem dúvida — disse um dos homens ao meu lado, referindo-se à religião inédita para mim daquele outro homem.

Mais mortes, mais cadáveres cimentados contra as paredes. Logo comecei a achar que seria a minha vez. Meus músculos doíam, e me encontrava cada vez mais devagar e cada vez mais com dificuldade de fazer coisas simples como cagar. Em breve estaria ali, naquele reboco para todo o sempre, tal qual o jovem que chegara junto de mim, trabalhando por uma vida melhor para sua irmã. Jovem que agora cimentava na parede, olhando naqueles olhos abertos, carregando a enfadonha impressão de que eu o estava prendendo ali ainda vivo. Esse pensamento me assombrou. Na época, ainda não sabia, mas havia contraído, assim como muitos, uma doença chamada "beribéri" por causa da má alimentação, a que causara a morte de todos.

À noite normalmente tinha como música natural preces, choros de dor e tristeza, roncos de estômagos famintos, reclamações baixas de fome e alguns trabalhadores traumatizados, que sonhavam e falavam alto. Às vezes acordavam gritando "vamos construir o túnel e nada vai nos parar", o bordão maldito ainda repetido por nós ao menos uma vez por dia. Havia noites em que o cansaço era tanto que ele tinha o efeito oposto. Eu não conseguia dormir de tão cansado e ficava apenas olhando o teto, ouvindo a mesma música noturna de cada noite formada pela angústia de todos. Esta terminava com uma forte batida na madeira, acordando todos mais uma vez.

Quando dormia, eu tinha pesadelos. Sonhava com as pilhas de ossos de meus colegas de cárcere; pilhas e mais pilhas com mais de cem mortos.

Fugir era impossível, uma vez que a porta de nossas cabanas tinha um sino, que soava a cada saída ou entrada. Uma noite, contudo, alguém conseguiu fazer silêncio e tentou escapar. Esse alguém gritou ao ser descoberto já em fuga pelo túnel, acordando a mim e a todos no acampamento. Fomos para fora. Os guardas, enfurecidos por terem seu sono interrompido, agarraram o homem que se debatia, chorava e implorava "por favor, por Deus". Ele recebeu uma porrada forte na cabeça e, ao invocar preces xintoístas, chamando pelo Kami, recebeu uma forte bordoada na cabeça de um irritado *oyakata*. A pancada foi dura demais, e o homem caiu no chão. Ele se tremelicava todo. Algo foi quebrado nele com aquela porrada e sua cabeça sangrava.

— Maldito inútil, não serve mais para trabalhar! — exclamou um supervisor. — Vocês, tragam ele — ordenou o supervisor a mim e a outro homem; já que todos estávamos de pé como curiosos, iríamos fazer hora extra.

Instruíram-nos a fazer aquilo, algo que me dá náusea de lembrar. Sinto-me um imundo por não ter pedido que me matassem em vez de fazer aquilo. Fizeram-nos levá-lo até o túnel, cujas paredes estavam quase completas, e nos ordenaram para preparar a massa e colocar o corpo daquele homem ali.

— Mas, senhor, ele ainda está vivo.

— Ele está quebrado — replicou o supervisor.

Era a nossa realidade. Éramos apenas objetos, e não nas mãos de invasores ocidentais, mas de nosso próprio povo, nossa própria polícia. Colocamos o homem contra a parede, porém estávamos hesitantes até o último momento.

Quando a massa foi preparada, começamos a rebocar nosso colega, que foi prostado em posição fetal. Ele ainda balbuciava coisas como "fome" e "Kami".

— Vamos construir o túnel e nada vai nos parar! — exclamou o supervisor, e nós repetimos, mesmo sem nos ordenarem diretamente.

Estávamos todos engatilhados naquilo. Tão logo terminamos de cimentar nosso colega para ser uno com a massa, com a parede, para tampar o brilho de seus olhos ainda com vida com o cimento, fomos instruídos a retornar para a cabana.

— Vocês serão acordados um pouco mais tarde para compensar isso, aproveitem — avisou o *oyakata*.

Assim fomos dormir. Ninguém comemorou a hora extra de sono. Alguém na mesma cabana que a minha chorou baixinho pelo nosso feito horrível. Era óbvio que a hora de sono era mais para os guardas do que para nós. Sentia-me fraquíssimo. Não aguentava mais. Não levantaria dali para trabalhar. Me tirariam dali à força apenas para me cimentar eternamente naquela parede.

Era tarde da noite quando meu sono foi cortado por um novo grito, um tão angustiante quanto o outro. Quem seria tão burro de tentar escapar daquele jeito depois que o primeiro homem fora pego e cimentado contra a parede? Era o que todos estavam pensando, mas o grito não pertencia a um prisioneiro.

Os guardas e o próprio *oyakata* saíram de suas cabanas para ver de quem era grito. Todos emudeceram com o estrondo. Diante da sombra, um chocalho incomum tirou a paz de todos. Poucos com a experiência correta identificariam que se tratava do som de ossos se batendo um contra o outro enquanto rolavam no chão sozinhos, esbarrando-se.

Foram se aglomerando em algum ponto da escuridão e seguindo coordenadas predispostas, transformando-se em algo grande e comprido, como dois postes feitos de vários ossos. Os restos continuaram a rolar da escuridão para a escuridão, e estes mesmos subiam os postes ósseos ainda rolando.

Através daquela performance macabra, a coisa foi ganhando forma. Era enorme e alto: um esqueleto humano gigante. A silhueta esquelética, mais magra que todos nós, ergueu-se na escuridão com um guarda gritando em suas garras. Os ossos ainda rolavam e se juntavam um ao outro, formando aquela edificação. Era uma monstruosidade de outro mundo. O esqueleto gigante prontamente mordeu e arrancou a cabeça do guarda que gritava por sua vida, transformando a cabeça em um jato de sangue com o qual o esqueleto se banhava enquanto mastigava com seus enormes dentes. Todo o sangue escorria para um coração podre e negro em seu tórax.

A gritaria tomou conta do lugar. Alguns guardas correram junto de meu supervisor para uma das saídas, mas, mesmo grande, aquela coisa era incrivelmente rápida e desceu sua pesada mão e braço contra o solo, impedindo a fuga. Ele esmagou aquelas almas, provocando jatos de sangue, lavando alguns de seus malditos colegas de ofício que vinham logo atrás. Eu e os demais prisioneiros estávamos em pânico, mas meu medo jamais alcançaria a expressão de horror do próprio *oyakata* caído, sentado no chão de terra com uma variedade irreconhecível de entranhas em sangue rubro sobre ele.

Lembro que eu estava magro e tremia sem saber se era frio, pavor ou a soma dos dois. Também emitia com minhas próprias juntas estalos que se uniam em um dueto ósseo com o chacoalhar de ossos da coisa.

— Fome... — falou aquela coisa esquelética quando estendeu sua garra para coletar nosso antigo chefe.

Alguns homens abriram fogo com suas armas, e vi na luz da própria lua como os tiros desprendiam lascas de ossos, que, tão logo caíam no chão, rolavam de volta para a muralha esquelética, batucando e escalando até voltar a seu lugar.

Aquela coisa era indestrutível.

O *oyakata* encontrou coragem para se levantar, banhado de sangue e tripas, e correu para dentro do Túnel Jomon junto de alguns homens e de prisioneiros como eu enquanto os mais corajosos ainda ficavam para trás, atirando na criatura.

— Fome… — disse a voz esquelética, juntando-se ao coro de gritos e tiros.

Dentro do túnel não havia nenhuma organização ou preocupação de manter a ordem. Ali era cada um por si, e nós éramos os mais fracos. O túnel tinha alguma iluminação, luz o suficiente para ver que a coisa esquelética enfiou sua cara gigante contra a face do túnel para nos observar, sem poder nos alcançar na escuridão.

— Fome… — Ainda dizia pacientemente enquanto nos afastávamos.

Jamais saberei dizer para quem a próxima visão e som foi mais tenebrosa — para nós ou para os guardas —, mas enquanto corríamos pelo túnel começaram a ecoar os gritos e vozes daquele ditado maldito que alguém insistia em gritar mesmo em uma situação como aquela.

— Vamos construir o túnel e nada vai nos parar! — Os guardas, mesmo exaustos e assustados, entreolharam-se à procura do engraçadinho a fazer piadas. — Vamos construir o túnel e nada vai nos parar! — soou novamente o grito, próximo de nós.

Havíamos cessado a corrida túnel adentro porque ninguém aguentava mais correr. Algumas luzes marcavam a outra saída. O grito soou uma terceira vez de forma repetida entre nós. Como estávamos na parte escura, não soubemos identificar quem estava gritando, todavia um dos guardas avançou em direção à escuridão, encontrando o dono da voz. Uma formação esquelética se desprendeu da parede, quebrando-a.

— Vamos construir o túnel e nada vai nos parar! — gritou o esqueleto imundo, saltando da parede contra o guarda, que deu um agudo berro de susto.

O berro era um eco gorgolejante. A garganta fora perfurada, causando uma ferida violenta e um grito engasgado de sangue do guarda, que tentava tirar aquele crânio de seu pescoço enquanto o esqueleto o agarrava e drenava parte de seu sangue. Era uma miniatura daquela coisa do lado de fora. Todos gritaram e tentaram correr em pânico, contudo mais paredes racharam e mais esqueletos saltaram. Às vezes apenas pela metade, mas todos repetindo o ditado de nosso acampamento.

— Vamos construir o túnel e nada vai nos parar!

Os guardas começaram a lutar por suas vidas, enquanto eram agarrados e mordidos pelas forças sub-humanas ósseas, que prontamente nos ignoravam, lavando o túnel com sangue e enchendo nossas narinas com aquele cheiro ferroso. Eles eram a resposta às preces dos que ali eram sacrificados. Eram a vingança e a justiça divina pelas mais de cem mortes inocentes. O show de horrores me contemplou ainda com a visão do *oyataka* sendo mordido por um dos esqueletos na saída do túnel quando quase escapava. Foi mordido na axila quando levantou os braços em susto e gritou como uma menina em pânico.

— Vamos construir o túnel e nada vai nos parar! — gritou o coro de vozes esqueléticas sem carne.

Pude ver que saíam dos buracos das paredes. Ali havia ficado a carne de seus corpos, e para dentro desses buracos retornaram, mas carregando consigo muitas de suas vítimas ainda vivas e gritantes. Afundaram-nas na massa que formava aquelas paredes, ainda bradando o ditado infame do lugar.

— Vamos construir o túnel e nada vai nos parar!

Os últimos sons que ouvimos foram os gritos sufocados e abafados ainda duradouros dos guardas e do próprio chefe do lugar, presos vivos dentro das paredes sangrando assim como aqueles que fizeram vítimas ali. Aquela fora a justiça divina, os mortos voltando para se vingar e levar consigo os vivos que os condenaram.

O esqueleto gigante desapareceu, e eu corri junto dos demais. Corri com uma força inexistente em mim para longe dali. Alguns desmaiaram e foram auxiliados pelos mais fortes e saudáveis. Fui um dos que apagou. Conscientes ou inconscientes, todos fomos para longe daquele lugar maldito.

Hoje, muitos anos depois, pouco sei de como o túnel fora finalizado. Talvez um inspetor tenha visitado o lugar, não achado ninguém e mandado uma nova leva de soldados e homens concluir o serviço, afinal os vivos e mortos já haviam feito a maior parte do trabalho pesado. Para a população em geral, aquele túnel ficou conhecido como o Túnel Jomon. Está até nos mapas. Procure e verá. Para os poucos que conseguiram fugir de lá como nós, contudo, o lugar tem um outro apelido: Túnel Hitobashira[5].

5. Hitobashira 人柱, literalmente "pilares humanos".

Ossos se movem.
Pedem carne e sangue.
Outono pobre.

Canções de bruxas e rapsódias de fadas negras
Capítulo 12: "Dos filhos do Anima do Leste"

77 DIAS EM BAMBU

Estado de E, Zhōngguó, Dinastia Shang, 1047 a.C.
Atual Kaifeng, China

Relatório Militar, 28° ano de reinado do Di Xou de Shang[6]

Sūnshū Dān – relatório de campanha militar nas margens do Rio Hé[7]. Seguindo comando do superior oficial Wáng Dān, viemos para a região. Boatos diziam que os moradores de uma vila abrigavam rebeldes Zhou ou mesmo bárbaros Fang em oposição à dinastia e que desviavam parte da coleta de milheto para alimentar tais rebeldes. A vila localizada às margens do segundo maior rio de toda Zhōngguó se beneficiava disso para a plantação. Os camponeses fizeram um trabalho excelente desviando partes do rio para alimentar plantações de milheto e do pouco arroz que cultivam. A maioria do arroz aqui consumido é de origem externa e as taxas de milheto coletado dos impostos têm sido baixas. Quando questionado, o chefe da vila apontou que tiveram problemas com

6. Conhecido pejorativamente como Rei Zhou, 30° e último rei da Dinastia Shang e 58° rei da China.

7. Atualmente conhecido como Rio Amarelo da China.

bandidos na região. O oficial Wáng Dān não acreditou e deu trinta dias para eles revelarem quem são e onde estão os rebeldes ou toda a vila irá pagar o preço. Nos estabelecemos nas proximidades da vila em acampamentos improvisados. Começa aqui nossa estadia.

Segundo dia: informações sobre a vila que transcrevo após uma vistoria. População de quarenta e nove habitantes, incluindo nove mulheres, quatorze homens, sete jovens entre infância e vida adulta, dez crianças pequenas e nove velhos. Nossa unidade veio composta de dezenove soldados, organizados por mim, Sūnshū Dān, terceiro no comando, Gōng Wu, segundo no comando, e Wáng Dān no comando total. A vila vive de milheto, pouco arroz e uma produção de trigo que deveria ser maior. O líder da vila afirmou que o rio aumentou o volume com as últimas chuvas e alagou a área do trigo, o que obrigou eles a cavarem um desvio, que formou alguns dos filetes do rio que circundam as áreas de nível mais baixo da vila em um processo de drenagem. Há uma boa criação de animais com muitas galinhas. O líder alega que algumas ainda foram abatidas para alimentação recentemente.

Quinto dia: poupando bambu para dias com eventos importantes, Wáng Dān demonstrou impaciência e descontou isso agredindo uma criança da vila que se aproximou de nosso acampamento; agrediu também o pai da criança que veio em defesa dela. A sensação de pouca paz nos rostos dos moradores se foi.

Sexto dia: Wáng Dān se irritou mais uma vez. Ele deseja progresso e agilidade, ameaçou começar a matar moradores a partir do décimo dia caso não tivesse respostas. O líder do vilarejo alegou novamente não haver rebeldes Zhou sendo alimentados por ele, pôs-se de joelhos e colocou sua testa prostrada no chão. Wáng Dān pisou na careca dele e o chutou para fora com tamanha violência que me impressiono. Nossos homens também se assustaram.

Oitavo dia: o dia de sossego de ontem foi contrastado pela agitação de hoje, três homens atacaram e arrastaram duas das mulheres da vila para o nosso acampamento. Eram duas garotas bonitas. Os maridos e pais delas tentaram intervir e foram rechaçados pelos guardas. Quando o líder da vila gritou por Wáng Dān, o comandante foi para fora e encarou os moradores como se nada ocorresse, como se os gritos agitados das mulheres em uma das cabanas não o incomodassem. Ele gritou uma ordem em alto e bom tom silenciando a todos. Dizia para soltarem as garotas. As jovens voltaram à vila, uma delas seminua, e os três homens colocaram os rostos para fora da cabana espiando o comandante. Wáng Dān não demonstrou qualquer senso de arrependimento, estava indiferente com o ocorrido. Depois gritou e me pediu para anotar tais ordens em registro:

— Não toquem nas mulheres da vila até o décimo dia! Do décimo dia em diante, três mulheres virão a cada dia servir aos soldados como eles desejarem. Outras três no décimo primeiro dia e mais três no décimo segundo dia. Ao chegar o décimo terceiro dia, tudo se repetirá até que vocês nos deem pistas, identidades e nomes dos Zhou.

As moças da vila começaram a chorar, e uma gritaria ocorreu em meio ao povoado em protesto; vozes de homens, pais, avós e maridos em choro de medo. Nada adiantou, Wáng Dān manteve sua ordem.

Décimo dia: como se alternasse em suas maldades, Wáng Dān já ordenou logo cedo que três moças fossem trazidas da vila para saciar a vontade de seus homens. Wáng Dān está começando a me assustar com tal agressividade e só relato isso por conta de o mesmo não saber ler bambu, mas ele disse ao líder da vila:

— Serei piedoso, deixarei que escolha a ordem das garotas que devem vir para cá, porém todas virão.

Três garotas vieram depois; duas mulheres mais velhas, uma delas com cara de zangada, outra em prantos e uma não pude ver a expressão. Procurei ir para longe, andar na vila para não ouvir os gritos. Posso tolerar violência contra soldados inimigos e animais, contudo essa gritaria me incomoda. O vilarejo é puro silêncio e prantos baixos nas cabanas. Gōng Wu também estava andarilhando na vila, parece se incomodar assim como eu com as ordens e com a violência.

Décimo quarto dia: os dias passados envolveram uma repetição do que foi visto no décimo dia, porém hoje uma nova violência tomou conta do lugar. Um homem e sua mulher foram pegos pelos soldados durante a noite quando tentavam fugir e Wáng Dān mandou soltar eles, deixando-os vivos. Depois fez toda a vila assistir quando ele cortou as orelhas de ambos fora, o filete de água do Rio Hé foi tingido com um horrível e fétido vermelho hoje. Tenho duas certezas aqui e agora: não há rebeldes aqui e Wáng Dān enlouqueceu e proibiu qualquer fuga da vila dizendo que repetirá o evento na frente de todos com quem tentar fugir.

Décimo quinto dia: a vinda das mulheres se tornou rotina, a vila vive em silêncio total e as crianças não brincam, apenas choram ou conversam no interior das cabanas. As pessoas são vistas apenas trabalhando do lado de fora. Gōng Wu foi visto reprimindo dois guardas. Quando perguntei o que ocorreu, ele não me disse. Só depois fiquei sabendo que dois de nossos homens compararam a violência de Wáng Dān a Daji[8]. Os dois homens não foram denunciados a Wáng Dān porque foram encontrados agradecendo ao fato de não haver grávidas na vila, já que, segundo dizem as más-línguas, Daji pediu a nosso rei que ordenasse que abrissem a barriga de uma mulher grávida na intenção de ver como o bebê ficava lá dentro. Não sei até que ponto essa história tem bases reais e não tenho nada a ver com a menção de tais boatos.

Décimo sexto dia: Wáng Dān ordenou que o dono da vila passasse a ceder comida para os nossos homens, pois nossos recursos estão acabando. Ele pareceu desmotivado em sua expressão ao ouvir Wáng Dān, mas disse que atenderia ao pedido.

8. Daji ou Da ji é a esposa favorita do Rei Di Xou, famosa como responsável pela ruína de sua dinastia, tendo levado seu rei a cometer diversas atrocidades e ignorâncias em seu governo. Muito famosa pelas extravagâncias que Di Xou fazia por ela e pelas inúmeras formas de tortura inventadas pela mesma.

Vigésimo dia: os estoques da vila parecem ter diminuído e então começamos a racionar alimentos. Temos pouca carne, arroz e milheto. Wáng Dān pareceu pouco incomodado em comer menos, sua motivação me era estranha até então, e foi aí que Gōng Wu me explicou os detalhes. Wáng Dān tem um irmão também militar em ascensão e os dois têm enorme desprezo um pelo outro, principalmente porque Wáng Dān é o mais velho e com menos conquistas. Nisso Wáng Dān está obstinado a custe o que custar fazer um nome maior que seu irmão dentro do exército e fará isso caçando como ratos a oposição onde quer que esteja. A má notícia para os vilarejos é que Wáng Dān só pode se basear em boatos aqui e ali, e acredito que as vilas pagaram com sangue e lágrimas por terem seu nome marcado com boatos, tal qual esta.

Vigésimo quinto dia: pensei em tomar um basta, em ir até Wáng Dān e falar o que ninguém tinha coragem de afirmar: não havia nada naquela vila e as pessoas eram inocentes. Um infeliz foi na minha frente, no entanto. Aparentemente até nossos homens estão cansados dessa violência, mesmo os que já a praticaram com as mulheres. Um deles passou por cima da responsabilidade e posição de Gōng Wu e foi direto a Wáng Dān em protesto. Wáng Dān ordenou que dois de seus subordinados diretos segurassem o outro homem, este Xen Hu, e eles relutantemente obedeceram. Vi quando Wáng Dān, com uma adaga, usou a ponta do bronze para bifurcar a língua do homem em uma explosão de sangue, dor e gritaria.

Eu não imaginava que tanto sangue podia sair da língua, mas o que mais me assombra em todos esses dias acompanhando Wáng Dān é como ele faz e fez tudo até agora sem esboçar reações maiores; sem raiva e sem risos sádicos. Ele mata e ordena que matem como se estivesse dando um bom-dia sem cordialidade, embora tenha esboçado um leve sorriso de canto quando se referiu a Xen

Hu com a boca sangrando devido à bifurcação da língua como *Shé* Hu[9]. Este homem me assusta mais que qualquer rebelde Zhou.

Vigésimo oitavo dia: as pessoas começaram a reclamar de fome, os soldados passaram a caçar para não faltar comida no nosso acampamento. Além disso, a pouca comida colhida nas plantações já estava sendo confiscada. Desse dia em diante, formou-se uma política de tolerância zero de Wáng Dān com respeito à comida. Ele queria quebrar os espíritos dos moradores começando pelo estômago; simplesmente não receberiam comida. Suspeito que Wáng Dān esteja desejando usar esta vila como exemplo para as outras, fazer um nome de terror e pavor para si. É a única coisa que me vem à mente.

Trigésimo dia: as chuvas dos últimos dias foram fortes e elevaram um pouco o nível do rio. As drenagens cavadas anteriormente pelos moradores resultaram em escoamentos do rio. Hoje seria a data que sairíamos daqui, mas Wáng Dān enlouqueceu! Disse que ficaríamos mais trinta dias, falou na frente de nossos homens e de todo o vilarejo, agora formado por pessoas magras, olhos fundos, alguns destes inchados de choro; que visão torturante. Escrever me acalma, contudo o bambu não durará para sempre.

Trigésimo segundo dia: houve uma enorme confusão na noite do dia anterior para hoje. Em meio aos sons da tempestade de raios sem chuva, três pessoas do vilarejo, três homens, invadiram a cabana de Wáng Dān para matá-lo. Usaram ferramentas de jardinagem para atacá-lo, mas Wáng Dān não é só assustador, ele também é habilidoso e forte, então conseguiu cortar os invasores com sua lâmina. Estes saíram em fuga aos gritos. Ainda à noite tochas foram acesas, e ele ordenou aos homens que tirassem todas as pessoas das casas, mulheres, crianças, velhos... todos

9. 蛇Shé, cobra em chinês tradicional.

foram reunidos em coro de choros e lágrimas. Dos três homens, dois ficaram em silêncio com um chorando baixo, outro mais destemido disse a Wáng Dān palavras que registro aqui:

— Vamos. Me mate. Prefiro morrer a continuar vivendo isto.

E a resposta de Wáng Dān foi a mais inesperada e assustadora que presenciei. Wáng Dān encarou sem medo o olhar de fome e fúria do aldeão que tentara matá-lo e sem consideração pelo perigo que aquele homem podia ser a ele. Em dez anos de serviço, jamais vi um comandante lidar com um rebelde ou com o perigo de tal forma. Wáng Dān sacou seu machado e contou, usando-o como dedo: um, dois, três. Depois, foi até um dos idosos, um senhor careca, e sem demora lhe golpeou a cabeça com a lâmina; um espirro de sangue saiu do corte ao lado esquerdo da careca!

As pessoas do vilarejo começaram a gritar. Pude ver o olhar arregalado dos nossos homens assustados. Wáng Dān decapitara aquele velho sem que ninguém entendesse o que ele queria e aquilo havia sido apenas o começo.

Wáng Dān fez o mesmo com mais quatro idosos. Não mandou que fizessem, ele mesmo o fez, e só parou para pedir o machado de um de seus homens emprestado, alegando que o machado de bronze dele havia perdido o corte. Talvez a mais horrível das cenas tenha sido uma criança, uma criança pequena que avançou em choro aos pés do avô. Wáng Dān, como se matasse uma galinha, agarrou a criança e também a decapitou de forma rápida e natural. Eu pude ver, vi com estes dois olhos, a cabeça da criança separada do corpo ainda com expressão de choro pousando no solo gramado; vi no brilho daqueles olhos a vida indo embora e a tristeza ficando. O que estamos fazendo aqui, meu rei? Ouvi vômitos, choros e gritos. Foram seis vítimas ao todo: cinco velhos e uma criança.

— Três assassinos vocês são. O dobro de vida tiraram hoje — disse Wáng Dān aos três homens, os quais deixou vivos.

Concordo com o que o morador alegou, a morte é preferível à vida, pelo menos para ele agora com o peso das consequências de seu ato.

Quadragésimo dia: com pouco bambu, começarei a escrever menos dias e somente eventos mais importantes, já que protesto, violência verbal e física se tornaram comuns e rotineiros. O que me é ruim, pois escrever me acalma e tenho estado em pânico com tamanha violência, mesmo não sendo comigo. Mais cinco mortes ocorreram na vila, duas pessoas foram pegas tentando fugir. Elas mergulharam no Rio Hé para tentar escapar, mas, embora estivesse sem correnteza, as águas estavam fundas, e elas se afogaram; os corpos não foram tirados de lá. Outras três mortes se deram por fome, foi uma criança e dois adultos. Tenho motivos para acreditar que adoeceram e morreram por outras coisas. Foi pouco tempo sem comida para ocasionar uma morte. Wáng Dān exigiu uma nova organização das nossas cabanas. Agora elas cercam a vila deles, e três de nossos homens vagam à noite com tochas à procura de fugitivos. O pior foi que Wáng Dān atirou as seis cabeças decapitadas em um lago pequeno que se formou na vila. O lago, que mais parecia uma poça larga e rasa, manteve-as visíveis: seis cabeças olhando para a vila e para nós sem parar. Fico aqui hipnotizado, observando a chuva fina e um filete de água escorrer pelo corte na careca do primeiro idoso morto por Wáng Dān.

Quinquagésimo dia: nesses dias um silêncio mortal tomou a vila. As pessoas continuam com fome. Vi gente comendo mato e notei soldados escondidos dando comida a elas, por sorte Wáng Dān não sabe ler o bambu e nada contei a ele. Um dos soldados se apaixonou por uma das mulheres e passou a ceder milheto escondido de Wáng Dān para as pessoas. Não ouso fazer o mesmo, tenho pavor de Wáng Dān agora. Sempre achei que situações assim causariam a revolta de soldados contra qualquer comandante péssimo, mas não, um medo sobrenatural se apossou dos rapazes. Wáng Dān é terrível, talvez seja um *mogwai* disfarçado de homem, talvez seja filho de Daji; se bem que, se as fofocas forem verdadeiras, Daji se compararia em maldade a Wáng Dān. As cabeças no lago continuam flutuando e olhando a vila e todos em volta. Um dos nossos quase morreu afogado um desses dias. Ele foi se lavar no Rio Hé e foi tragado para baixo, alguns homens conseguiram puxá-lo de volta, porém ainda se encontra inconsciente nesses últimos dias. O esquisito é que não havia correnteza para puxar o homem.

Sexagésimo dia: muitos ocorridos, a ponto do desespero tomar conta. O homem que se afogara está vivo e despertou, mas não se encontra em condições de trabalhar. Aparenta estar fora de si, não responde a nossos chamados e apenas nos olha emudecido. Wáng Dān descobriu sobre a comida que o soldado de outrora dera escondido ao povo e com isso ordenou algumas mortes. Mandou enforcar três pessoas que estavam fracas e adoecidas, acho até que foi um favor a elas, cortou mais três cabeças e também as atirou no mesmo lago em que residem as outras seis. As chuvas aumentaram e com elas o nível da água do rio se elevou. Já não dá mais pra ver as cabeças, o que é um alívio. O olhar moribundo delas me assustava. Além disso, algo aconteceu com Wáng Dān no último dia deste relato, o mesmo se afogou; ninguém viu como foi, porém foi encontrado boiando morto na beira do Rio Hé. Estamos livre dele, contudo a má notícia é que nossa estadia aqui não irá se encerrar. Quase como uma maldição deixada por ele antes de morrer, o nível do rio se elevou e nos isolou aqui. Não temos como seguir adiante. Escrever ainda me acalma.

Septuagésimo dia: nos últimos dias o que havia de restante de pessoas na vila adoeceu e começou a delirar. Não interagem mais conosco. Eu queria poder ir embora, olhar novamente minha filha e minha mulher, mas eu e os soldados estamos presos deste lado até que o nível da água baixe. Durante a noite a ventania pareceu carregada de lamúrias. As pessoas adoeceram por conta da má nutrição e agora gemem de dor. Foi difícil dormir alguns dias devido a essa ventania porque a mesma fazia os cadáveres das pessoas estranguladas se baterem contra as árvores. Gōng Wu ordenou que os soldados cortassem as cordas e baixassem os corpos, enterrando-os. Eu vi o rosto dos cadáveres, morreram com os olhos esbugalhados, a face empalidecida, a língua de fora e uma marca roxa do enforcamento ficou na garganta deles. Fui dormir com medo de sonhar com a cara dos mortos, mas não consegui. Posso jurar que à noite ainda ouvi o som dos corpos se batendo contra o tronco da árvore ao serem chacoalhados pelo vento. Queria um místico conosco para fazer algum ritual com ossos que acalmasse a todos.

Septuagésimo primeiro dia: o nível da água não baixa mais, novas tempestades as elevaram e tivemos de mover as cabanas para um ponto mais alto. Fiquei responsável por cuidar diretamente do soldado que quase morrera afogado. Ele me olha de forma estranha, não pode mais atuar, não fala mais e mal se alimenta, deve ter batido a cabeça. Quando os homens foram até a vila visitar os moradores descobriram o pior: o restante da vila morrera. Faleceram adoecidos em suas casas com fome e sofrimento. O que fizemos? A água que nos cerca fede a cadáveres, podridão e carne.

Septuagésimo segundo dia: maldito seja Wáng Dān, mil vezes maldito seja. Ele lançou alguma maldição sobre nós com suas ações. Estamos em um terreno elevado, e a tempestade fez o rio se desviar e nos cercar de ambos os lados. Agora não apenas estamos ao lado oposto à margem que devíamos atravessar, como também estamos cercados em ambas as partes pela água. Maldito seja. Estamos também sem comida, vivendo apenas de água. Achei no meio das minhas coisas um último pedaço de carne. Fui comer, mas estava incrivelmente podre, inconsumível. Larguei na porta da minha cabana. Vou dormir com fome.

Septuagésimo segundo dia: o que está acontecendo aqui? Que noite terrível. Sinto-me com medo. Meus dedos tremem ao escrever neste bambu. A chuva deu lugar a ventos e trovões à noite. Além disso, minha noite foi acompanhada de roncos do meu próprio estômago. Estamos sofrendo o mesmo mal que causamos às pessoas desta vila. O estranho foi que, após um tempo, os roncos do meu estômago ficaram mais altos e logo percebi que não eram meus. Quando trovejou, pude ver no brilho dos raios alguém prostrado na entrada, apenas a silhueta da pessoa. Pensei ser um animal ou um delírio da fome, estava de quatro ali parado, e, mesmo à distância, conseguia ouvir o ronco. Não pude distinguir quem era, a pessoa ficou um tempo parada e depois se evadiu rapidamente como um animal andando de quatro. É de tarde agora, ainda estamos ilhados. Gōng Wu não tem maiores ideias. Os homens estão debatendo se vale a pena tentar correr para a outra margem. O rio apresenta uma correnteza forte demais para um homem atravessar a nado, apenas bebemos a água dele. Fiquei com tanta fome que cogitei comer a carne apodrecida que deixei na entrada da minha casa, mas não está lá mais. Era grande demais para o vento levar, e não choveu para ela ser empurrada pela chuva. Havia apenas alguns restos míseros dela. Algum animal comeu... mas como, se estamos cercados pela água?

Septuagésimo terceiro dia: maldito sejamos nós por não matar Wáng Dān antes. Este lugar está amaldiçoado. Eu vi quando Gōng Wu mandou os homens tirarem os cadáveres da árvore, vi os rostos com a língua de fora, sufocados, vi e não me esquecerei jamais das faces terríveis deles. Por quê? Por que o barulho dos seus corpos batendo no tronco da árvore se perpetua? Por que penso ver a silhueta de seus corpos ainda pendurados? Ainda com suas faces em agonia, ainda nos fitando com vingança em seus esbugalhados olhos. Por que penso ter visto uma pedra no fundo do rio agitado, uma pedra com uma marca de corte como se fosse uma cabeça humana? Estava cercada de outras pedras que igualmente pareciam cabeças nos olhando com raiva.

Septuagésimo quarto dia: acordei tarde e ainda com fome. Quando fui beber água, descobri que dois homens morreram afogados. Eles se arriscaram contra as ordens de Gōng Wu, atravessaram o rio e foram levados, desaparecendo antes mesmo da correnteza os arrastar para longe. Escrever estes relatos ainda me traz alguma sanidade, ainda faz me lembrar de quem sou. Contudo, o cheiro de morte vindo da água atrapalha isso. Talvez eu devesse cortar meu próprio nariz. Tivemos mais uma baixa. Xen Hu desfaleceu no próprio chão de nosso terreno. Pensamos em jogar o corpo dele rio abaixo para ser levado, porém ele era um bom homem, merece algo mais. É noite. Tranquei-me aqui dentro da minha cabana. Ouvi gritos na beira do rio. Quando olhei para fora, vi um grupo de quatro homens se debatendo na margem. Não havia chuva, apenas vento, a luz das tochas e dos raios. No começo pensei estar vendo coisas, achei que eram dois homens tentando tirar outros dois que estavam se afogando na água, mas depois pude olhar bem e notar na luz dos raios que eles saíram do rio e estavam arrastando outros dois para dentro das águas. Não pude notar quem eram, pois o som dos raios e do vento era ensurdecedor. Aqueles que puxavam os outros dois não trajavam vestimentas de guardas. Ninguém se dirigiu ao socorro deles. Será que ninguém ouviu ou será que ficaram com tanto medo quanto eu? Estou aqui segurando o bambu e olhando para fora. Tem algo lá. Estou com medo. Estou sentindo um cheiro forte de podridão. Está fedendo, e acho que tem algo me olhando também através da escuridão.

Septuagésimo quinto dia: o cadáver de Xen Hu está quase inteiro, mas comido em alguns locais; nenhuma ave ou animal carniceiro se aproximou daqui. Gōng Wu reuniu o restante dos homens, somos poucos agora. Alguém disse ter visto uma pessoa magra próxima do corpo à noite e achou que fosse alguém o examinando. Imaginou que quem quer que estivesse olhando o corpo de Xen Hu estivesse comendo o companheiro, morto de fome. Gōng Wu observou a boca de todos, até a minha, contudo todos estamos com fome e sem marcas de comida nos dentes. O rio estava se acalmando, mas uma nova chuva o agitou de novo. Parece que o tempo parou; só anoitece, amanhece, faz chuva, faz raio, faz fome.

Septuagésimo sexto dia: nada ocorreu. Calmo. Só fome. Escrever ainda me acalma.

Septuagésimo sétimo dia: estou vendo, não acredito, mas estou vendo. Ouvi os gritos e olhei para fora enquanto escrevia. Observei um homem sendo arrastado por outros dois para o rio. O que puxou o corpo não era um homem. Está escuro, está ventando, está trovejando e eu estou vendo. Parecem as pessoas do vilarejo. Acho que estão se vingando de nós nos afogando. Ó, meu rei, no que nos metemos? Ouvi um grito de outra pessoa. Este gelou meu espírito agora pouco. Criei coragem para olhar e avistei o velho com a sua careca, a criança que fora decapitada, os velhos, os novos, as nove cabeças que no lago me olharam com ódio, estas dividindo um só corpo, como uma enorme enguia saindo do Rio Hé. Consegui ver nas nove bocas um de nossos homens ainda gritando por sua vida, e meu bambu está acabando...

CANÇÃO DAS BRUXAS IX

A semente foi plantada
Com sangue na água
Uma semente de veneno
Em um ato vil e obsceno

A ráää

O anima do leste se agita
Onde inocentes perecem
Suas lágrimas e sofrimento
Em fim vil e obsceno

A ráää, a ráää

Nasce um filho de Balor
No leste onde o anima-sombra é maior
Que traz da água seu veneno
Com corpo vil e obsceno.

A ráää

Canções de bruxas e rapsódias de fadas negras
Capítulo 7: "Dos espíritos d'água"

BOCAS PARA ALIMENTAR

Cidade de Iwaki, província de Honshu, Japão, 1872

Em um dia de trabalho duro daquela bela primavera na coleta de arroz, uma saotome[10] chamada Azumi viu o homem por quem seu coração bateu mais forte. O jovem Shume Ishikawa não sabia, mas havia arrebatado o coração da garota por algum motivo. Ela tinha seus dezoito anos, e ele, dezenove. Era filho único de um importante funcionário do feudo local.

— Ei, irmã, por que tanto parou o serviço? — questionou sua irmã mais velha, Azami, que também trabalhava como saotome, a respeito da pausa repentina da irmã. Ao olhar para a direção da estrada, observou o dono da atenção de sua irmã. — Então você foi fisgada por ele, é, Azumi? — perguntou a irmã, rindo de forma provocante.

— Irmã, ele é maravilhoso. Quem é?

— Shume Ishikawa, filho do tesoureiro do feudo, é um partido e tanto, não é, irmã?

Azumi não respondeu às provocações da irmã, nem a esta, nem as demais. Havia sido enfeitiçada. Apenas visualizou a vida

10. Mulheres que trabalhavam na coleta de arroz em arrozais.

impossível para ela ao lado daquele jovem que caminhava para o longe junto de pétalas ao vento. Trabalhou o restante do dia sem tirar o rosto do homem de sua cabeça e até à noite, quando estava cansada, ainda sonhava com ele; sonhava com o dia em que a tiraria daquela lavoura. O cansaço do corpo a fez sonhar com uma vida na qual a fadiga e a dor muscular fossem meras lembranças e não mais o seu presente.

Sem conseguir tirar o desconhecido da cabeça, foi até um templo da região no dia seguinte. Pensando no jovem, rezou para que seu destino mudasse, falou claramente o nome de seu amado, imaginando que isso poderia, através da deusa do amor, trazê-lo.

— Shume Ishikawa — ela disse, e sua voz ressoou naquele templo como o bater de um tambor, atraindo a atenção de uma figura que jazia por ali. Não era um Kami, mas uma figura que se aproximou, fazendo barulho com seus passos pesados e lerdos no chão de madeira. — Quem está aí? — perguntou.

Sua mente sonhadora a fez imaginar o próprio jovem aparecendo para ela com um sorriso apaixonado, mas a figura que veio era uma mulher idosa. Pior que isso, era o exato antônimo de beleza. Uma velha decrépita com rugas que tomavam toda sua face e verrugas que ocupavam os cantos de um dos olhos, quase fechado enquanto o outro jazia esbugalhado.

— Desculpe, desculpe. *Nhac.* Eu não queria assustá-la, menininha. *Nhac* — gemia a senhora com a boca de poucos dentes sujos.

— Não tem problema, já estou de saída mesmo — assegurou Azumi, buscando se retirar.

— Pensei ter ouvido o nome do senhorio Ishikawa. *Nhac.*

— O quê?

Azumi se assustou com o comentário da velha decrépita.

— Aaaah, então foi você quem disse o nome dele? — Azumi parou na saída do templo brevemente e olhou assustada para a velha senhora, contudo não disse nada. Fora fisgada pela surpresa.

— É a esposa dele? Ou talvez deseje ser a esposa dele? *Nhac* — a idosa perguntou com um tom atrevido, e Azumi saiu dali sem responder, dando-lhe as costas, e seguiu para sua casa.

Seu dia seguiu como todos os demais, trabalhando no arrozal. Durante a noite, a mãe das jovens fez as duas prepararem a comida. Cortaram cubos de tofu da forma mais perfeita possível, um hábito que praticavam havia anos. Dessa vez, no entanto, ela prestou especial atenção nos detalhes. Após a refeição, que consistia em arroz, sopa de miso e cubos de tofu, a mãe das duas as chamou.

— Vocês duas, existe uma vida melhor que esta e venho criando vocês há anos para tentarem isso, então escutem com atenção. Eu coloquei o nome de vocês duas para fazerem o teste para gejos[11] do feudo da família Ishikawa.

As irmãs se olharam com ar de perplexidade e surpresa pelo ato da mãe.

— Você quer que cozinhemos para os outros, é isso? — questionou Azami.

— Eu quero é uma vida melhor para vocês do que a vida dura em um arrozal. E o teste principal se dá no preparo de tofu. Quem conseguir cortar com perfeição e de forma mais uniforme cubos de tofu pode realizar qualquer outra atividade culinária com maestria. — A menção do nome Ishikawa foi suficiente para Azumi não reclamar, na realidade ela emudeceu e foi tomada por uma tímida felicidade interna. Era esse o primeiro dos resultados de suas preces no templo? Ela mal pôde ouvir o restante do diálogo da irmã e da mãe até seu nome ser citado repetidas vezes, despertando-a do torpor. — Azumi? Azumi? Acorde! — berrou a mãe. — Vocês passarão o dia de amanhã fora do arrozal. Irei trabalhar por vocês. Quero que fiquem aqui e pratiquem com todo o tofu restante, entenderam?

11. "Gejos", também chamadas "osues", eram criadas que trabalhavam na cozinha de famílias importantes.

Azumi e Azami concordaram com a cabeça, e o esperado se seguiu no dia seguinte com as jovens praticando o corte do tofu em pequenos cubos. Os mais uniformes possíveis eram depositados em uma tigela com água. Fizeram isso várias vezes.

— Ei, irmã, já imaginou se você consegue o trabalho? Já imaginou ficar mais próxima daquele jovem Ishikawa, hein? — provocou sua irmã.

— Eu... eu...

Azumi ficou emudecida e continuou cortando os cubos.

— Olhe só, ficou até corada. Já imaginou a vida boa que aquele homem pode lhe dar? As comidas boas, o casamento, as roupas, dormir com ele à noite, hã?

Sua irmã continuou se divertindo à sua custa, enquanto cortavam tofu instintivamente perfeitos pela prática excessiva desde a infância. Por ter criado as duas sem um pai, a mãe procurara meios de mantê-las entretidas, ensinando-as incansavelmente.

À noite ela foi até o templo da região agradecer aos deuses pelo ocorrido, caso essa chance fosse de fato fruto de destino reservado a ela. Ao chegar ao local, avistou a mesma velha decrépita da última vez.

— Oh, se não é a menina que deseja o jovem Ishikawa para si. *Nhac*. Já conseguiu?

— O-o quê? Quem disse isso? Como se atreve? — questionou Azumi, irritada, em um raro acesso de raiva.

— Então é verdade? Eu sabia que meu faro e meu olho não mentiam. Você está apaixonada mesmo, ainda bem que fiz o que fiz.

— E o que foi que você fez? Do que está falando, senhora?

Azumi tentou se controlar, mas o assunto a deixava nervosa, mexia com os nervos.

— Fiz isso. *Nhac*. — Ainda mastigando, a senhora tirou de uma das mangas um boneco de palha em tamanho grande. Era uma prática antiga não muito comum. Aquele boneco, denominado *wara ningyō*, era utilizado em alguns rituais para afastar o mal, às vezes para fazer maldade. Não eram mais comuns, pois não eram legais, mesmo muita gente não acreditando neles. Acima de tudo, não eram bem-vistos. – É você. Peguei um fio de cabelo que deixou cair da última vez. *Nhac.*

– O quê? Por que fez isso?

– Ué, você não quer Ishikawa? Azami me pediu para fazer um para ela também. A diferença é que ela me deu fios de cabelo dela, logo a magia antiga a favor dela foi mais forte.

– Minha irmã?

O ar antagônico de Azumi deu lugar a um ar de surpresa, tanto pela velha decrépita se apresentar com um boneco dela sem permissão, como da irmã também desejar Ishikawa e pela mesma usar de tais recursos para isso. Não que esse tipo de boneco realmente tivesse algum efeito real na concepção de Azumi, mas eram três surpresas sufocantes de uma vez só.

– Só achei egoísmo da parte dela não pensar na irmã caçula também, embora não duvide que ela poderia ajudar você e sua mãe. *Nhac.* Mas são muitas bocas para alimentar.

– Dá para parar com esse som irritante?

– Desculpe, é instintivo. São os poucos dentes da boca. *Nh*...

Ela se censurou. Azumi ficou ali um tempo, fitando o chão, absorvendo o choque da notícia, a realidade inserida. O teste do tofu seria no dia seguinte e logo o medo tomou conta dela.

– Você... pode fazer eu conseguir também ficar mais próxima de Ishikawa?

– *Nh*... Posso, mas preciso de mais fios de cabelos seus para realizar uma magia mais precisa, igual fiz com sua irmã.

A jovem hesitou diante do pedido a princípio, no entanto depois não resistiu e tirou alguns poucos fios da própria cabeleira negra e entregou à idosa decrépita. Meteu a mão dentro do kimono e tirou uma peça de um *ryo* e colocou no chão.

— É tudo que tenho por enquanto.

A idosa coletou a moeda sem pestanejar, mal sabendo que o *ryo* não tinha mais o mesmo valor em decorrência do *yen*, fato que alguns plebeus ainda ignoravam.

O dia do teste veio. Eram oito candidatas de diferentes regiões, entre elas Azumi e Azami, que se apresentaram na própria cozinha do feudo do castelo dos Ishikawas. A família era de tesoureiros, mas também eram *okoshimono shihais*, os administradores da produção, compra, venda e testadores de armas do feudo, todos cargos importantíssimos, acumulados pelo pai de Ishikawa após a Guerra Boshin. Isso fazia com que eles tivessem enorme importância dentro do feudo e eram cargos hereditários passados de pai para filho.

Logo ficou claro para Azumi, todas aquelas jovens garotas, incluindo sua própria irmã, estavam competindo para ter uma vida melhor, uma vez que trabalhariam na cozinha da família em um emprego árduo. Ainda assim, teriam um chefe jovem e de importância dentro feudo, garantindo assim de forma vitalícia uma vida com qualidades mínimas.

Diante de cada jovem foi disposto um cubo de tofu grande em uma tábua de madeira, ao lado de uma faca de cozinha já afiada e uma tigela com água, como costumava ser em casa havia anos. A mãe delas as havia preparado para aquele momento, e não foi surpresa que as duas cortaram os cubos de forma incrivelmente uniforme, em tamanhos semelhantes. Isso impressionou a chefe de cozinha, uma mulher com idade para ser sua mãe.

— Essas duas estão praticamente empatadas. Nunca vi tamanha qualidade. Os cubos estão perfeitos, vejam só — disse a senhora para si mesma e para todos enquanto remexia com um par de hashis os cubos de tofu dentro da tigela. — Podemos ter vocês duas trabalhando aqui.

A notícia causou uma explosão de felicidade interna em Azumi, que se segurou quase sem ar. Sua irmã parecia mais controlada, como se tivesse certeza de que conseguiria.

O trabalho se iniciou já no dia seguinte com as irmãs ajudando o preparo dos mais variados tipos de comida, principalmente peixe, que pouco tinham preparado na vida, e carne vermelha, uma novidade para elas. Agora moravam dentro do próprio feudo, e Azumi não pôde deixar de notar quando Azami deixou o local no tempo livre. Já imaginava para onde ela iria: visitar a velha.

Foi em uma noite de serviços que topou com o jovem que fazia seu coração bater mais forte, Shume Ishikawa. Sem querer ele esbarrou nela no corredor.

— Perdão, meu senhor, não queria atrapalhar sua passagem — a jovem comentou.

— Não. Perdoe-me por atrapalhar você... É nova aqui, não é? — perguntou o jovem com um brilho nos olhos pela jovem Azumi.

— S-sim, meu nome é Azumi. Sou uma das novas osues — informou ela timidamente.

A educação e polidez do jovem tipicamente incomum só fez o coração dela bater mais forte.

— Foi um prazer conhecê-la — falou o jovem com um educado sorriso e seguiu para seus afazeres.

Essas palavras trocadas jamais deixaram a mente de Azumi, que estava enamorada.

Passado um mês de muitos sonhos e trabalhos naquela cozinha, às vezes vendo um semblante de satisfação no rosto da irmã, veio a notícia a público, dada pelo próprio Netsuko Ishikawa, o pai idoso do jovem herdeiro, que seu filho havia arranjado uma noiva. A notícia foi como um poderoso soco no estômago, de repente a ideia de ficar naquele trabalho próxima do homem que amava havia se tornado terrível. Veria seu amado diariamente com outra. A pior parte foi descobrir que a noiva em questão era a sua própria irmã; para desgosto do pai do rapaz, que insistira até o fim que ele aceitasse um casamento arranjado com alguma mulher importante. Vontade esta recusada pelo jovem.

A desgraça seria pior agora, teria de aguentar os próximos anos vendo o homem que amava ao lado de sua irmã, tendo uma família.

— Senhora! — berrou ao adentrar o templo, procurando a idosa caolha; não havia sinal dela.

Procurou a idosa pelos corredores daquele velho templo abandonado e a encontrou ao lado de fora, colocando um boneco de palha dentro do buraco no assoalho externo.

— Olhe só, me procurando? *Nhac* — perguntou a idosa com o olho bom na jovem.

— Você. O que foi que minha irmã pediu? Ela pediu o amor do jovem Ishikawa?

— Ah, ela pediu o mesmo que você queria, mas que ficou apenas querendo por causa do seu coração inocente.

Azumi era muito inocente e emotiva, diferente de sua irmã mais velha. Esta agarrava as coisas que queria. Sempre fora assim. Não era materialista, no entanto se soltara. Naquele instante, o desespero foi o necessário para matar a tímida Azumi e deixar aflorar seus anseios:

— Eu o quero! Quero ficar com ele! Quero uma vida com ele!

Lágrimas quentes escorriam de seus olhos.

— Ah, sim. *Nhac*. Agora você pede o mesmo que sua irmã, mas ela fez isso primeiro. — A voz da idosa soava cordial, contudo para Azumi parecia um deboche.

A tristeza atacava seus nervos diante da perspectiva de ter tido a chance de realizar seu sonho e tê-lo perdido com igual facilidade.

— Qual seu preço!? — berrou ela.

— Depende. Em ryos ou yens? — questionou a idosa, referindo-se à troca da moeda antiga pela moeda atual.

— Yens. Eu pago certo. Tenho um emprego agora, por favor.

— Não posso simplesmente atravessar o desejo de sua irmã, não é assim que a magia antiga funciona.

— Eu pago. Faça o que puder. Não vou conseguir seguir em frente, não com essa dor que estou sentindo, não com o que verei no restante dos meus dias.

— Você pode pedir para essa dor parar. *Nhac*. Mas o preço que peço em dinheiro será o de dez meses de seu serviço.

— Tudo bem. Eu pago.

— Há um preço diferente também, um preço que o destino, *nhac*, pode cobrar de você — disse a idosa com seu irritante mastigado.

— Que tipo de preço?

— Isso não sei. A magia antiga nunca será de total compreensão a mim ou a qualquer um. Bem e mal podem voltar com uma força redobrada.

A fala causou um breve medo em Azumi, um temor se apossou de seus nervos, agindo oposto ao seu desespero triste, o que curiosamente a acalmou.

— E o que você me sugere?

— Dez meses de serviço. É muito tempo para pensar a respeito. Volte para casa, garota. Trabalhe e pense no que quer. É uma decisão sem volta, sem espaço para arrependimentos.

O conselho da velha pareceu ser bom, então retornou à sua residência, porque estava realmente de mãos atadas sem o pagamento.

No decorrer dos meses seguintes, Azami se tornou oficialmente o par romântico de Shume Ishikawa e as mudanças de comportamento e de rotina foram sendo sentidas no decorrer das semanas.

Primeiro Azami foi deposta de seu cargo uma vez que agora não era mais uma mera osue e sim esposa do herdeiro. Logo veio a mudança drástica do jovem Ishikawa, que agora parecia falar, viver e respirar sua amada. O velho Ishikawa, que não aprovara tal relacionamento, ficava incomodado com as ações do filho. "É um cabeça-dura", repetia ele quando falava do casamento do filho pelos cantos.

Com o casamento marcado se aproximando, os serviços na residência ficaram mais severos. Como irmã da noiva, foi oferecido a ela a chance de apenas viver no luxo, assim como a mãe das duas agora vivia bem, porém ela se recusou. Tomou por um ato de bondade quando na verdade necessitava do pagamento de um ano de serviços, no qual mesmo economizando o máximo tinha ainda que trabalhar dois meses a mais.

— Azumi, veio me parabenizar, irmã? — perguntou Azami em seu quarto, na véspera do casamento.

— Sim, Azame, quer dizer... Eu sempre quis perguntar, irmã, por que fez isso?

— O quê? Aceitar o casamento? Eu disse anos atrás que ele era uma gracinha. Talvez tenha sido o destino que nos trouxe até este dia, ou melhor, os ensinamentos de nossa mãe — Azame alegou tudo isso com um sorriso no rosto.

Era um sorriso de felicidade, mas também o mesmo sorriso sarcástico que a irmã sempre tinha ao fazer piadas.

— É, deve ter sido o destino que a levou até aquela velha no templo antigo. — Diante dessa fala, o sorriso de Azame desapareceu como mágica e sua face foi tomada por uma preocupação inédita em muitos anos de convivência. — Era tudo que eu precisava confirmar, e você me deu a resposta com sua cara — afirmou Azumi com distinta rigidez.

— Érr. Espere, Azumi! Do que você está...

— Você pediu para a velha daquele templo enfeitiçar Shume Ishikawa.

— Irmã, Azumi! — Azame foi para fora e checou rapidamente os corredores vazios e fechou a porta. — Sim. Me desculpe. Fiz isso, mas foi para termos condições melhores de vida. Era o que nossa mãe queria. Era o que eu e você precisávamos.

— Não me venha com carinho fora de hora. Você se lembra de quando o vi pela primeira vez. Você notou e até me brincou comigo naquela época por conta dele. Você sabia e ainda assim o fez.

— Fiz essas coisas para nos colocar aqui, irmã. Fiz por nós duas.

Azami a fitava com um pedido de clemência diante do olhar lacerante de sua irmã mais nova, que estava furiosa e em agonia pela traição do seu próprio sangue.

— Azami, se de alguma forma isso fosse por mim, você teria pedido que ele se apaixonasse por mim, sabendo que eu gostava dele.

Ela foi fria na sua colocação.

— Por favor, irmãzinha... Por favor, Azumi, tudo está tão feliz, tão perfeito. Por favor, eu imploro, não me tire essa felicidade, não faça isso comigo.

O pedido de Azami parecia sincero, o medo era pelo menos, e Azumi não teve mais coragem de dirigir palavras. Sentia certo nojo da irmã podre que Azami provara ser.

— Fique com Ishikawa, mas não me peça mais nada em vida.

Azumi começou a se retirar do quarto.

— Irmã, me desculpe, me desculpe. E obrigada pelo apoio. Não vou incomodá-la, não vou deixar que nada falte a você ou a mamãe. Eu prometo, eu...

Os apelos de Azami se emudeceram nos ouvidos e na cabeça de Azumi, que tinha em mente apenas o desejo de fazer justiça pela dor que ela sentia agora.

A união foi oficializada em uma cerimônia no feudo com fogos de artifício e muita bebida nos dois dias seguintes. Azami parecia feliz com seu noivo, já Azumi se amargurou diante da cena e procurou não olhar sua irmã para não sentir maior desgosto do que já sentia. Meses depois, veio o terceiro soco no estômago de Azumi, a gravidez de Azami. A notícia se espalhou rápida pelo feudo, o que foi algo de notável desagrado para ela. Quando se está triste e miserável, esse sentimento fica ainda pior com a felicidade alheia. E foi assim para Azumi com a felicidade da irmã, de Ishikawa filho, do pai do mesmo, que finalmente tinha motivos para não ter mais descontentamentos com a união. A mãe das irmãs também parecia satisfeita. Era um mundo feliz, uma história perfeita, mas era uma narrativa que não tinha lugar para Azumi.

O ano se passou, as economias foram feitas e o pagamento exigido foi obtido por Azumi, que enfim foi atrás da idosa do templo abandonado. O sentimento de amargura e injustiça foi ao longo do ano apenas alimentado pela feliz gravidez da irmã e não houve receios da parte desta quando fez o pedido para a idosa:

— Quero que Shume Ishikawa se apaixone por mim.

— Então você ainda vai querer, *nhac*, fazer isso? — O som irritante da mastigação da velha só a incomodava ainda mais.

— Não vou hesitar. Quero isso. Minha irmã o enfeitiçou para tê-lo. Ela me privou de ter alguma chance com ele. Usando magia, vou tirá-lo dela.

— Certo, *nhac*, mas a sua magia vai bater de frente com a magia dela. Só vai terminar em um resultado confuso para vocês três. Sua irmã precisa sair de cena para que você não sofra interferências.

— E quanto isso vai me custar?

— Nada a mais. Já me adiantei e coloquei o preço de ambos na sua cobrança de um ano. He, he.

A velha decrépita soava ainda mais decrépita. Agora fazia um pouco de sentido que sua irmã tivesse conseguido tal feito sem pagar essa quantia imensa em dinheiro. Ela cobrara menos de Azami.

Talvez por Azumi ter dado uma moeda sem valor, ela tenha feito uma dívida maior, ou talvez a velha e a irmã se conhecessem havia mais tempo. Mesmo assim, não se sentia inclinada a questionar qualquer uma das duas sobre a história não contada a ela, ainda mais afastada da irmã como ela se encontrava nesses meses.

— Certo. Vou precisar de um fio de cabelo de vocês três. *Nhac*. Do homem, da irmã e do seu. Precisarei fazer dois bonecos, então tente não misturar os três fios. Se continuar mesmo com isso, lembre-se que interferir nesse tipo de coisa que sua irmã tem com ele costuma trazer consequências um tanto desagradáveis.

— Você vai dar um jeito nisso também. — Azumi soltou no chão uma caixa de palha utilizada antigamente pela sua família para guardar arroz. Agora guardava dinheiro. — O valor todo está aí, mas você não deve abrir a boca a ninguém.

— Certo. Eu o farei, porém cuidado com o que deseja, principalmente agora que sua vida só veio a melhorar... he, he, he. *Nhac*...

Na mesma semana, Azumi retornou com os fios de cabelo. Conseguira fácil um fio de cabelo longo no quarto da irmã em um pente desta, e pudera tirar outro do pente de Ishikawa também. Ela fizera tudo corretamente para assegurar que pegaria o fio dele. Seria um transtorno levar o cabelo de outro, como por exemplo o pai dele. Assim que foram coletados, fora até a senhora e os entregara. Para não confundir, arrancou um de seus fios diante da senhora.

A velha pegou o material e envolveu o fio mais curto de Shume com o seu, quase como uma analogia ao fato de que ela envolveria Shume com seu amor. De forma nojenta, a velha passou os dois fios amarrados na boca e os separou de Azami. Depois a mulher enfiou a mão no assoalho e tirou dois bonecos de palha como o que ela vira uma vez.

— A partir daqui é segredo de estado. *Nhac*. Pode dar o fora. Em até um mês coisas devem acontecer. Do contrário, pode voltar aqui e me procurar. Mas depois do ocorrido não tornará a me ver novamente.

– Se sumir com meu dinheiro sem que nada ocorra, usarei de alguma versão na casa dos Ishikawa para dizer que fui roubada por você e por alguns homens a seu mando. Farei o possível para ter esse lugar e as redondezas revirados atrás de você.

Azumi deu as costas e seguiu para sua residência, já era tarde. Era uma tremenda conveniência que a senhora sumisse de sua vida uma vez que os eventos se desenrolassem.

Foi pouco mais da metade de um mês até algum evento fora do comum ocorrer. Do cômodo da casa destinado as osues, acordou ouvindo gritos de desespero ecoarem. A gritaria só aumentou em coro de vozes e choros de desespero. Vários empregados foram chamados. Azami, que se encontrava grávida, sangrava no chão. Um doutor do feudo foi chamado com urgência para auxiliar no nascimento da criança e nos cuidados com a "senhora Ishikawa", mas o evento causado por mão da velha bruxa, a pedido de Azumi, desenrolou-se como uma série rápida de acontecimentos.

Sua irmã morreu e a criança, uma menina, nasceu. Shume adoeceu pela morte de sua amada com quase um ano de união entre eles, tendo como única luz em sua vida a criança, sobrinha de Azumi e filha de Azami. Nesse estágio fragilizado, incapaz de cuidar dos deveres paternos, pois o luto de meses e as obrigações de cargos acumulados por seu pai começavam a atormentá-lo, Azumi se aproximou. A outra parte da bruxaria teve efeito: Shume a via com novos olhos, com o mesmo brilho encantado que olhara a sua irmã mais velha.

Eles começaram a se relacionar, o que serviu de gatilho para a recuperação emocional do jovem. Shume Ishikawa era o homem dos sonhos de Azumi. Era como a primavera: carinhoso, educado, bonito, bom com os súditos e, mesmo com suas riquezas e ganhos, tratava as pessoas do feudo bem. Com o apoio emocional do amor e carinho de Azumi, tornou-se novamente o jovem que todos adoravam quase um ano após a morte da esposa falecida. Para coroar a série de eventos felizes, veio a gravidez de Azumi, o segundo filho de Shume Ishikawa. A outra criança, sobrinha e afiliada de Azumi, já andava e começava a ganhar noção do mundo à sua volta.

Lá no fundo, Sakura Ishikawa, que tivera seu nome tirado das árvores homônimas, incomodava um pouco Azumi. Incomodava por se parecer totalmente com a mãe, por não lembrar em nada o pai. Um ar estranhíssimo tomava conta do mundo feliz de Azumi quando os três estavam juntos, pois nesses momentos a menina roubava toda a atenção de Shume para si sem dizer nada. Teria a parte da bruxaria relacionada a Azami se perpetuado para sua filha? As lembranças de seus pecados, de seus crimes, de seus pedidos e pagamentos à idosa passaram a assombrar Azumi.

Um período de seca forte se abateu na região tempos depois. Uma seca surreal que acabou com a produção de arroz, com as chuvas e começou a trazer fome ao povo do feudo. Gastos maiores passaram a ocorrer para comprar comida de fora e de longe na qual a seca não atingia. Nisso os recursos foram ficando escassos até o ponto em que parte dos funcionários, incluindo osues, foram demitidos. Eram muitas bocas para alimentar naquela casa, incluindo o ainda idoso pai de Shume e a mãe de Azumi, que se dispôs a trabalhar com algo para ajudar. Com menos funcionários e mais serviço de manutenção do feudo, Shume passou a se manter mais tempo fora de casa, e Azumi teve de passar mais tempo de sua gravidez cuidando de Sakura.

A menina sempre pedia em sua comunicação débil e infante para passear nos bosques fora da limitação do feudo, vontade que sua tia e madrasta acatava.

— Sakura, vamos para casa logo? — ela pedia às vezes, e a criança se recusava a ir, sendo levada a força.

Todos os dias a rotina era a mesma: Shume passava menos tempo em casa devido às manutenções extras e a cada dia Sakura crescia e ficava um pouco mais rebelde; até o dia em que sua revolta resultou em uma mordida na mão de Azumi, uma mordida dolorida no dedo, causada pelos pequenos dentinhos da menina que estavam nascendo em sua boca banguela.

— Sakura, por que fez uma coisa dessas?

— *Nhac*.

A criança fez com a boca um som causado pela mastigação sem dentes. Azumi ficou de olhos arregalados com aquele som incômodo e familiar.

— Sakura.

— *Nhac* — ela repetiu o irritante som.

— Pare com isso, Sakura. Pare com esse negócio horrível, garota.

— *Nhac, nhac, nhac* — continuou como se compreendesse que aquilo irritava sua madrasta.

Era o mesmo som daquela velha decrépita de dentes podres, a nítida testemunha e cúmplice do crime místico, cármico e cósmico de Azumi, um crime que ela queria esquecer, mas que a criança estava a fazendo lembrar. Os dias posteriores sem seu amado e com a irritante criança foram um novo inferno em sua vida. A gravidez já pesava, e Sakura repetia o som enquanto corria pela casa e principalmente na porta do quarto de sua tia. Às vezes, à noite, acordava e lá estava a menina e o cansado Shume colocava a criança para dormir entre eles.

Foi em uma de suas saídas prolongadas e das idas ao bosque que Azumi se rendeu à tentação. De forma premeditada e já com um tecido forte sendo levado consigo, Azumi levou Sakura para passear. A criança não se poupava e não se cansava de repetir o maldito *nhac* com a boca em um perpétuo lembrete do pecado de Azumi. Dentre os templos abandonados da região, em um trajeto pouco utilizado e inclusive tomado de mato, localizava-se um *tsujidou*, um pequeno templo.

Azumi talvez tivesse piedade, talvez tivesse remorso, mas os sons que ela fazia com a boca a impediam de ter qualquer senso de humanidade. Azumi colocou a pequena menina em uma grade de madeira e prendeu esta em uma trave com um tecido forte. Sakura tentou mover a grade, mas não conseguiu sair dali, o que gerou uma série de gemidos incoerentes da criança, que nem tinha dois anos de idade. Azumi deu as costas e andou. Seguiu sem olhar pra trás, sem dar atenção aos resmungos sem sentido de Sakura. Ainda que a menina se soltasse, jamais acharia o caminho de volta; ainda que achasse, não entenderia, não saberia explicar, e Azumi já tinha a desculpa pronta.

Demorou algum tempo até que voltasse para casa, retornou quando o sol já se punha.

— Socorro! Alguém? — Chegou gritando, e alguns guardas do feudo que a reconheceram vieram a seu encalço.

— O que houve? É a esposa do honorável Shume!

— Sim, a filha dele, minha afiliada, ela correu... Eu me perdi dela e não consegui correr por causa da minha barriga.

— Isso é péssimo. Avise os demais guardas — ordenou um dos guardas a outro, que saiu para informar a polícia do feudo. — Já está escurecendo, onde foi isso?

— Foi para lá.

Apontou ela na direção oposta a do *tsujidou*. O guarda partiu sozinho de antemão com uma das tochas do portal de entrada do feudo, e Azumi foi para casa. Mesmo que a criança voltasse, seria fácil manter a inocência, claro. Ela não teria outra chance de sumir com Sakura, mas não custava tentar. Shume ficou desesperado pelo desaparecimento de sua filha, e Azume tentou consolá-lo e conseguiu convencê-lo a ficar em casa. Foi fácil usar a gravidez como desculpa e a situação toda apontava sua inocência no infeliz acaso.

Foram dois dias de busca até encontrarem o corpo da criança. Ela fora atacada e parcialmente devorada por algum animal selvagem, porém era reconhecível pelos tecidos de qualidade de seu kimono infantil. Um novo luto se apoderou do feudo, uma nova desgraça à família Ishikawa somada ao falecimento de Azami e a seca e fome que assolava o lugar. A sensibilidade da gravidez deixou Azumi com os sentimentos voláteis, facilitando seu luto fingido. O pobre Shume, mesmo em luto, acabou voltando às suas atividades e a passar mais tempo com Azumi. Ainda tinha suas responsabilidades com os outros secretários do feudo, ainda mais com o caso de bandidos da estrada, que obrigava ao feudo manter o poder bélico em dia.

A comida era pouca, mas ainda assim Azumi era mais abastada do que muitas famílias, tanto pela gravidez como pelas boas condições dos Ishikawas. Com o fim de Sakura, era uma boca a menos para alimentar. Quando nenhum outro obstáculo jazia à frente de Azumi, ela começou no seu período de gestação avançada a sentir dores fortes e incomuns na nuca. Por conta de sua gravidez, muitas ervas para dor não podiam ser consumidas, e teve de aguentar a lacerante dor, que logo se tornou uma coceira desagradável, dando forma a um machucado; um tipo de corte estranho e grande que se recusava a sarar.

O consumo de comida da própria Azumi foi diminuído por vontade própria de contribuir com a economia da residência, e o trabalho fora era muito, ainda mais com algumas tentativas de invasão do feudo. Shume passou a virar a noite fora e dormir de dia. Azumi foi surpreendida quando acordou um dia ouvindo aquele infeliz som, aquele maldito *nhac, nhac*. Ela acordou sozinha, a princípio pensando ser um pesadelo, mas o ouviu muito perto e muito rente.

Tentou se levantar para lavar o rosto ainda de noite e seu cabelo balançou com o vento de forma estranha. Quase como uma cobra com vontade própria, o cabelo se estendeu para um canto, até uma pequena caixa na qual Azumi e o marido deixavam preservados pêssegos. Que assombro foi quando o cabelo se enroscou em um dos pêssegos e o levantou. Azumi se assustou com o próprio cabelo e deu um tapa na fruta, derrubando-a no chão do cômodo. *Nhac, nhac*, ela ouviu a mastigação e não acreditou até correr para o poço, do qual tirou um balde com água e checou seu reflexo.

Azumi tampou com as mãos a sua boca para abafar o grito de susto e agonia que saiu dali, ou melhor, tampou uma das bocas, pois em sua nuca, onde antes era a estranha ferida, agora jazia uma segunda boca. Usando uma mecha de cabelo como braço, levou o pêssego aos dentes; era mais uma boca para alimentar.

— Não, não. O que é isso? O que é isso? — choramingava ela, sozinha, sem saber o que fazer, sem saber o que era aquilo. Havia uma boca com dentes em sua nuca. A cada chance que tinha, a boca controlando o cabelo como braços agarrava alguma coisa comestível e levava para consumo. — Não, não, não.

— *Nhac, nhac, nhac* — reproduzia a boca.

— Por que isso está acontecendo?

— *Nhac, nhac*. Sakura, vou ter de deixar você nesse templo.

— O quê?

Espantou-se Azumi ao descobrir que a boca, além de se alimentar, falava.

— *Nhac, nhac*. Sakura, você está roubando Shume de mim. Você e sua mãe, que eu matei.

— Pare com isso. Cale a boca — pediu Azumi.

— *Nhac, nhac*. Enfeitiçar Shume com a magia da velha era minha única opção. É meu direito ter Shume.

Ela teve de pensar rápido: pegou o máximo de panos possíveis e lotou a boca com eles até não conseguir falar nada. A boca tentou cuspir, mas ela novamente a preencheu, colocando por fim um tecido na cabeça, pressionando e amarrando no queixo. Nada nem ninguém jamais tiraria a paz dela, a vida que tanto lutara para ter.

A semana seguiu ruim. A comida era pouca e a boca, mesmo não conseguindo falar, incomodava Azumi, que era obrigada a permanecer com o pano na cabeça o tempo todo, dando desculpas esfarrapadas, uma vez que o hábito novo era estranho a todos.

Em uma noite estava esgotada, a gravidez e a boca extra para alimentar sugavam suas forças. Completamente apagada de sono e ainda assim com o pano na cabeça, não notou quando Shume chegou de uma patrulha noturna. Estava cansado, mas desejando carinho por parte da esposa, que se encontrava em gravidez avançadíssima, porém tão bela como sempre foi. O jovem inocente começou a acariciar os ombros de Azumi com beijos e se pôs a cheirar e beijar os perfumados cabelos negros, que se encontravam envoltos.

Era muito tarde quando as residências próximas da casa dos Ishikawas acordaram com o grito de dor e agonia. Azumi obviamente despertou. Os gritos eram de seu marido. Shume se encontrava em agonia no chão próximo a uma poça de sangue. Ele olhou para sua esposa enquanto era acolhido por seu pai, sua sogra e alguns poucos serviçais ainda mantidos mesmo no período de fome. Seu lábio superior e a ponta de seu nariz foram arrancados e soltavam um pequeno rio de sangue no assoalho de madeira. Todos olharam para Azumi, assustados, e a boca de sua nuca que mastigava os pedaços de nariz e lábio de seu amor.

– *Nhac, nhac.* Shume, meu amor, Azami tinha de morrer. Ela estava no caminho de nosso amor. *Nhac, nhac.* – A cabeça mastigava o nada e confessava. – Sakura também estava no nosso caminho. Eu tinha de sumir com ela. *Nhac, nhac.*

Todos ficaram em choque, salvo Shume, que estava tomado de dor.

— Demônio, demônio maldito! Você causou toda essa dor à minha família? — proclamou Netsuko Ishikawa, tomando uma espada de um dos guardas da residência que se encontrava ali.

O velho soou ameaçador em tom de fúria, e Azumi não sabia se as palavras eram para ela ou para a sua segunda boca. Sua mãe só conseguia ficar em choque com a situação.

Shume gemeu de dor e aflição ainda no chão, e seu pai se distraiu para acolhê-lo. Com isso, Azumi saiu. Correu enquanto os berros eufóricos ainda cortavam a noite. Ela andou o mais rápido que sua barriga de grávida permitia.

— A velha... a velha entende de magia. Ela pode dar um jeito nisso. — Com certa sagacidade de sua parte, somado a seu desespero, conseguiu atravessar a escuridão e o mato sem ser pega ou notada por outras pessoas. Estava sozinha na noite quando foi ao templo abandonado em que a velha residia. — Senhora! Velha! Eu preciso de você! — berrou.

Não via aquela senhora decrépita havia mais de um ano. Talvez ela não estivesse sequer viva, mas era sua única esperança. Como não há nada tão ruim que não possa piorar, a barriga começou a doer. Em seu desespero, esforço e estresse, o bebê queria sair.

Não havia vozes para responder os seus apelos de ajuda, apenas uma voz além da sua que continuava a confessar os seus pecados.

— Aaaa, *nhac*. Quero comida, mais comida.

— Pare! Cale a boca — ordenou para a boca inumana trás de sua cabeça.

E foi nesse momento que veio o pior. As contrações da gravidez atacaram, e percebeu que a criança ia nascer. Nasceria longe do pai, no meio de um templo abandonado à noite, longe de todo o conforto. Naquele lugar abandonado, com muita dor, pânico, medo, desconforto e tristeza deu à luz a um menino; um menino que veio a este mundo às custas de feitiçaria, às custas de duas vidas humanas, às custas da paz de uma família.

Azumi não conseguia se expressar direito. Era um turbilhão de emoções. O nascimento era uma sensação nova para ela. Quando ouviu o choro da criança, sentiu a vida, sentiu que tudo havia valido a pena, que independentemente de quantas coisas erradas fizera, aquele menino seria seu novo mundo. Porém, tão logo esse mundo nasceu, fadou-se a desmoronar. Ela tirou as mechas de seu longo cabelo, que se prostrava sobre o rosto da criança, mas estes retornaram e logo se envolveram nos pulsos e pernas da criança e ela começou a ser puxada.

— O quê? Não, não! — gritou, entendendo o que estava acontecendo.

— *Nhac, nhac.* Shume, meu amor, *nhac* — repetia a boca maldita.

A criança chorava em desespero enquanto a mãe se digladiava com o próprio cabelo, envolvendo e puxando o recém-nascido.

— Solte! Solte! Deixe ele! Velha! — berrava a mãe, puxando os cabelos que tentavam se enroscar nos pulsos e pernas do bebê, puxando-o.

— *Nhac, nhac.* Sakuraaaaaa.

A criança chorava em agonia, sendo alvo do cabo de guerra da mãe com o cabelo.

— Alguém me ajude! Não! Ah! Socorro! Alguém! Solte ele!

— *Nhac, nhac.*

A boca mastigava e a criança chorava suas últimas lágrimas.

O choro dos condenados.

Fome de amor
Primavera consome.
Dentes e bocas

Canções de bruxas e rapsódias de fadas negras
Capítulo 12: "Dos filhos do Anima do Leste"

SÃO APENAS HIENAS

Deserto Sírio, Arábia Saudita, 2003

— Abra a janela. Está um calor do caralho.

— Se eu fizer isso, você vai comer areia e vai reclamar.

— Se você não abrir, vou reclamar do calor. Abra a janela — pediu Ivanovick no banco de trás ao seu superior, sentado no banco de carona.

O rádio tocava *Dad's gonna kill me,* de Richard Thompson, assomando-se às reclamações dos quatro soldados dentro do HMMWVE[12]. Fazia 45 ° enquanto o veículo seguia cortando o deserto. O pedido foi atendido.

— Sargento Douglas, permissão para reclamar da areia entrando pela janela — solicitou Ivanovick no banco de trás.

— Permissão concedida para você tomar no cu, Ivanovik.

Risadas dispararam dentro daquele carro. O sargento Douglas era o cara que falava coisas engraçadas em tom sério, sem rir. Quem não o conhecesse podia achar que não tinha senso de humor ou que não gostava de rir, mas era só a forma como gostava de fazer

12. High Mobility Multipurpose Wheeled Vehicle ou Veículo Automóvel Multifunção de Alta Mobilidade, em português, HUMVEE.

os outros rirem. O motorista do HMMWVE era Raheem, um rapaz de pele pouco bronzeada que seguia no volante do utilitário ainda rindo, mas com olhos atentos a cada duna do deserto. Mesmo contando com um colega na metralhadora embutida acima do veículo, ele tinha seus receios de que um dia de diversão se encerrasse em tragédia por conta de algum inimigo.

— Ei, sargento — chamou Raheem.

— Fale.

— O que vamos pegar no ponto de contato?

— Pelo que sei, vamos topar com um grupo de mercenários britânicos e pegar alguém que vai nos dar alguma informação a respeito de uma rota da resistência iraquiana.

— Beleza. Ouviu isso, Bonnie? Você vai tomar mais sol na cabeça do que o planejado. Vamos ter um beduíno de carona — disse Ivanovik para Robertus, que estava na metralhadora do utilitário até então tomando mais sol do que qualquer um gostaria.

— Porra! Vou descer, então.

— Ah, não vai, não! — exclamou uma voz de dentro.

Robertus ou "Bonnie" desceu seu corpo magrelo, afastando-se da metralhadora do veículo, passando por um vão no qual alguém muito gordo não passaria com a mesma facilidade, e se ajeitou no banco de trás para se aliviar um pouco do sol.

— Ei, ei. O que você está fazendo? — reclamou Douglas ao ver o soldado descendo. — Suba de novo. Não dei permissão.

— Permissão para descer da metralhadora.

— Permissão negada, soldado. Volte lá.

— Permissão para não tomar sol até ficar da cor de Raheem.

Mais risos tomaram conta do veículo, exceto do sargento.

— Você vai subir e vai tomar sol na pele branquela até virar uma lagosta, soldado. Fim de papo. Agora leve sua bunda ossuda para lá.

— Tá bom, mas me vê um saco de água extra aí. Estou suando até os ossos — reclamou o soldado magrelo, subindo de volta para a metralhadora pelo mesmo vão em que descera.

— Atenda ele, Ivanovik. Pegue água para o cara — pediu o sargento ao soldado parado no banco de trás.

— Pera, eu tenho cara de garçom?

Algumas risadas soaram no carro. Já antecipando alguma piada ácida do sargento feita de forma séria como o habitual, Douglas soltou um meio-sorriso discreto.

— Se eu falar do que você tem cara, vai abalar nossa amizade e nossa relação de superior e subordinado. Agora pegue água para o nosso amigo aí de cima.

— Certo, certo — acatou Ivanovik, coçando o queixo sem barba recentemente raspado e alérgico.

O rádio começou a tocar *Hurt,* de Johhny Cash, enquanto o soldado coletava em uma caixa cheia de gelo uma das águas ensacadas. Furou a película com o canudo e esticou para Robertus, dando um leve tapa na perna do soldado para que desse atenção e coletasse a água solicitada.

— Olhe, veio até com canudinho. Só faltava o guarda-chuvinha e o limãozinho de canto.

— O guarda-chuvinha vou ficar devendo, Bonnie, mas posso mijar nessa água se você quiser, para dar o gosto de limão.

— Eca. Vai sem mijo mesmo. Nunca fui fã de limonada de mijo.

— Mijonada — comentou Raheem do banco de motorista, porém ninguém riu.

Muita areia, muito suor e muitas trocas de músicas no rádio. Depois de um tempo, o veículo chegou ao ponto de encontro, uma casa abandonada que era ponto de referência entre contatos da região. Outro veículo veio de encontro após muito tempo de espera, quando o sol já sumia da vista. Era um Chevrolet Suburban 1500, que não era o ideal para o deserto, mas que dava para o gasto.

Armas foram apontadas, homens desceram do veículo e protocolos foram seguidos como padrão. As mãos foram levantadas e informações preliminares dadas por sinalização até que proximidade e diálogo dessem identidade às partes não uniformizadas.

No veículo havia três mercenários britânicos e um civil trajados em roupas urbanas com *shemags* que tampavam parte do rosto, abrigando-os do calor. O ruim, para quem não tinha conhecimento, era que os mercenários podiam se passar por membros de alguma célula terrorista ou extremista. Não eram bons tempos para se estar no Oriente Médio, principalmente naquele canto asiático agitado com a Guerra do Iraque.

— Então esse é o cara? — perguntou Douglas.

— Sim, o nome dele é Ibrahim. É árabe, mas fala inglês e sabe identificar o lugar, além de ter informações maiores sobre a nova rota. Porém, ele nada nos diz. Vai revelar apenas para o alto-comando, o que é bem o padrão pelo que me informaram — respondeu o mercenário britânico, um cara loiro de olhos azuis e muita barba por fazer, regalia que os militares não podiam ter, dando-lhe uma cara de ator de cinema.

— Parente seu? — Quis saber Ivanovik a Raheem com um sorriso irônico. — Seus nomes até rimam.

— Que eu saiba não — alegou Raheem. — Meu vô pelo menos nunca me falou de outros netos que deixou pra trás. Eu tinha uns oito anos quando cheguei com meus pais na América e não me lembro de nada da minha vida antes disso.

— Pera, você tem descendência iraquiana mesmo? — questionou Ivanovik, surpreso.

— Árabe, seu xenofóbico ignorante do caralho. Meus avós por parte de pai são de algum canto da Arábia — disse ao amigo.

— Eu sei lá. Vocês tudo têm tom de pele de índio, nariz grande e vivem no deserto. São todos iguais para mim. — O comentário saiu em um tom patético, mesmo sendo palavras que para outros seriam ofensivas.

Ainda assim, fez Ivanovik e Robertus gargalharem um pouco. O informante árabe que acompanhava os mercenários desceu do veículo e se dirigiu ao deles conforme orientado pelos mercenários.

— Sou Ibrahim — apresentou-se com sotaque carregadíssimo.

— Sargento Douglas. Eu e meu pelotão vamos ficar responsáveis pela sua segurança até a base. Raheem, reviste ele.

O soldado foi até o informante e o revistou, checando possíveis armas de fogo ou armas brancas; apenas sentiu o colete que o mesmo trajava por baixo.

— O colete não é nosso, mas foi depositado na nossa conta, então pode ficar tranquilo — respondeu o mercenário britânico com um sorriso de quem fez dinheiro.

Os demais homens, tanto do pelotão quanto os demais mercenários, faziam reconhecimento com a mira de seus rifles, tentando observar possíveis veículos alheios na região, mas tudo parecia limpo.

— Bom, tudo confere. Está escurecendo. Vamos rodar de volta — comandou Douglas.

Os mercenários realizaram cumprimentos de despedida e entraram no carro.

— Ei, cuidado com as hienas. Havia um bando pequeno com umas cinco vagando famintas nesta direção ontem à noite — disse um outro mercenário antes do carro cantar pneu e seguir.

A unidade pouco demorou e se adiantou para o veículo com o informante que se sentou atrás com Ivanovik. Robertus ia na metralhadora do HMMWVE enquanto Raheem e Douglas iam na frente com o primeiro dirigindo.

— Hienas! Alguém andou vendo bastante o *Rei Leão* — comentou Ivanovik.

Do lado de fora Robertus cantarolou muito mal algum trecho de *Ciclo da Vida*, o tema de abertura, fazendo todos, salvo Ibrahim, rirem um pouco.

— Hienas-riscadas são as hienas da região — informou Douglas.

— Ah, então há hienas aqui? — perguntou Ivanovik.

— Aqui acho que não, mas dentro do deserto árabe elas são comuns.

— *Mustadbae* — comentou o informante.

Todos olharam estranhando aquela palavra, somente Raheem a conhecia e a compreendeu.

— Mustabal? — repetiu Ivanovik, não tendo completo entendimento da pronúncia da palavra nova. — É o nome científico da hiena, isso daí?

A palavra estranha logicamente soou exótica ao ouvido de todos, pensou Raheem, e veio despertando memórias esquecidas ou retidas da mente dele. Memórias que ele não lembrava simplesmente ou talvez não quisesse recordar. A palavra *mustadbae* não possui tradução exata para todas as línguas, porém uma tradução aproximada seria "hienazomem", um ser do folclore árabe, mas que para muitos não é mero folclore. Para alguém supersticioso era tão real quanto você e eu.

Raheem se descobriu um supersticioso nato naquela hora.

Suas lembranças o levaram de volta no tempo, quando tinha menos de sete anos. Sua mãe contara a ele antes de colocá-lo na cama sobre o *mustadbae*. Falara para que ele cobrisse a cabeça e rezasse. Contara-lhe lendas aterrorizantes naquela noite sobre o ser meio homem, meio hiena. Por que uma mãe faria isso a um filho? Ele não sabia. Lembrou-se de estar deitado quando havia ouvido um barulho no cômodo em que estava. Em seguida, fechara os olhos e cobrira a cabeça.

Estava cercado pela escuridão, mas começava a ser dominado pelo medo de estar cercado por alguma coisa. Fruto de sua imaginação fértil de criança, ouvira sua mãe conversando com alguém e rindo. Não pudera se conter de ficar no mesmo cômodo por mais tempo, largara a coberta no frio e saíra do quarto. Corria para fora como se algo estivesse na parede oposta à da porta, apenas aguardando ser vista na escuridão. Tal fuga era guiada pela pouca iluminação advinda de fora de sua residência, esta muito nebulosa para que suas memórias remontassem como era. Vira apenas a iluminação no cômodo em que sua mãe estava e tinha se voltado para lá, onde seus pais deviam estar conversando sobre algo.

Sua mãe estava em silêncio completo de costas na negritude. Estava deitada e não havia riso nenhum vindo daquele cômodo, assim como de nenhum lugar da casa. Tudo estava sombrio, e sabia que alguma coisa devia estar o aguardando no quarto contra a parede. Aquela sensação tensa de que esse algo podia ter saído de lá, vindo pelo corredor atrás dele, perturbava-o. Sua mãe estava ali deitada com uma coisa peluda e com presas bebendo o sangue do pescoço em chupadas que faziam estalos tipo "pou!".

— Filha da puta! — Raheem acordou do transe ao ouvir Robertus gritar de cima do veículo, ouvindo o estourar do pneu. Raheem lutou para controlar o carro, recobrou as memórias do presente e conseguiu parar o veículo. — Que merda foi essa? — perguntou Robertus, saltado por cima do veículo para averiguar o estrago.

O pessoal desembarcou. O "pou" ouvido tinha sido o pneu estourando por alguma coisa pontuda. Examinaram e viram fragmentos de algum objeto metálico grudados na roda. Não havia apenas furado, mas rasgado o pneu. Pior, dois deles tinham sido estraçalhados, um da frente e um de trás.

O grupo saiu na escuridão. Douglas e Raheem averiguaram o estado e viram que não tinha jeito, só tinham um estepe. Era uma maldita de uma falta de sorte aquele evento, ainda mais de noite.

— Central, na escuta? — chamou Douglas pelo rádio, porém não houve respostas. — Testem o sinal. Verifiquem os rádios.

O restante fez isso, contudo não tiveram resultados diferentes.

— O que nós faremos? Devemos estar a algumas horas da base. E estamos bem no meio do nada nesse breu — disse Ivanovik.

— Bom, podíamos tentar trocar um dos pneus e seguir com o outro murcho mesmo — opinou Robertus.

— Pensei o mesmo, mas não é uma boa ideia, magrelo.

— Não é uma boa ideia, porém muito pior é ficarmos aqui à noite — comentou de forma soturna o informante com seu inglês carregado de sotaque.

— Ok. A opção que temos é seguir a pé para a base, encarando a escuridão e esse frio. Não que a gente não aguente, mas não é o ideal — decidiu Douglas.

— Não é o ideal mesmo. Ainda mais com essa noite de *mustadbae*. É perigoso — disse Ibrahim, tenso, como se quisesse colocar medo nos soldados. — Vocês têm que me levar para a base. Aqui não é seguro.

— Pera lá, são hienas. O que elas vão fazer? Rir da gente até a morte? — indagou Robertus.

— *Mustadbae* não são hienas, são *mustadbae,* demônios hienas.

— Ficar no escuro é perigoso, sargento. Se a gente acender uma fogueira, podemos ser emboscados por algum grupo de extremistas de passagem — disse Robertus, ignorando os perigos que Ibrahim os alertava.

Douglas pareceu ponderar e buscar avaliar a situação, um instante antes de tomar alguma decisão concreta:

— Vamos ficar por aqui até o amanhecer. Nada de fogueiras. Apenas liguem uma célula de energia média para uma vigília noturna. Raheem e eu no primeiro turno, duas horas de cada dupla até amanhecer. Quem ficar de vigília tenta contato via rádio com a base em intervalos.

— Posso ligar o rádio para continuar ouvindo minhas músicas? — perguntou Ivanovik.

— Negativo.

— Então vou cantar para vocês eu mesmo. "There is a house in charming town they call the rising sun" — cantarolou Ivanovik de dentro do carro.

— Como cantor você é uma ótima ração de hiena, Ivanovik — confirmou Robertus, com o qual todos riram, menos Ibrahim.

Alguns minutos se passaram em silêncio com esporádicas chamadas de Douglas pelo rádio para a base. Ivanovik começou a gargalhar sozinho de dentro do veículo a ponto de se descontrolar como alguém que se lembra repentinamente de algo muito engraçado. — O que foi, seu doido? — perguntou Robertus, deitado no banco da frente.

— Ração de hiena.

Começaram a gargalhar baixo após o comentário, e Ibrahim pareceu desconfortável enquanto era ignorado em suas convicções supersticiosas. Douglas, do lado de fora, começou a rir um pouco também. Raheem ficou neutro em relação a tudo o que ocorria.

— Quero mijar — disse Ibrahim.

O informante sabia que no ato de sair para mijar alguém o acompanharia.

— Pode ir com ele, Raheem? — perguntou seu superior.

— Claro.

O soldado arrumou seu rifle e começou a caminhar para o outro lado de uma duna, esperando o informante achar um lugar mais confortável para urinar. Raheem pensou que ele havia feito o pedido para que ficassem separados dos demais; pensou certo.

— Você! Você tem a cara e marca de quem sabe o perigo dos *mustadbae*. Tem de convencer seus amigos a nos tirarem daqui urgente.

— Olhe, não acredito muito nisso — mentiu Raheem.

— Bobagem. Eu vi o medo em sua face, o medo de alguém que já viu os olhos hipnotizantes de um *mustadbae*! Olhos de uma alma já calejada pelo medo.

Raheem ficou um pouco assustado e sério com o comentário daquele homem, viu-se pensando naquele episódio de sua infância. Ele não se lembrava do depois, apenas de já estar com seu avô e de sua mãe ter falecido sob circunstâncias não claras a ele. Raheem escolheu ignorar os avisos do informante e retornou para o veículo com ele. Quando voltou, o sargento Douglas ainda arriscava contato pelo rádio de forma esporádica, mas logo desistiu também.

Durante o momento de troca de turno, na escuridão da noite, Raheem ouviu as risadas, ouviu quando todos já estavam do lado de fora do veículo e quando Ibrahim já havia pego no sono. Ele apontou a arma e o sargento fez o mesmo. Robertus e Ivanovik também escutaram as risadas quando viram da escuridão se aproximar o que parecia um trio de hienas; duas grandes com um filhote rosnavam.

— Olhe aí, seu demônio hiena — disse o sargento, melhor familiarizado do que o restante com as hienas da região.

Eram listradas em vez de pintadas e eram menores do que as hienas típicas da savana.

— Xô! Saia daqui! Passa! — ordenou Douglas.

As hienas não se afastaram, mas cessaram o grunhido de ameaça.

— Chefe, relaxe, é uma família de hienas. O filhote deve estar com fome. Estão com mais medo da gente do que a gente deles — comentou Ivanovik, que arriscou uma aproximação. Baixou o rifle e começou a estalar o dedo como se chamasse elas. — Aqui, bichano, bichano.

— Ô, animal, isso daí não é cachorro, não — Robertus provocou.

— Relaxe, Bonnie, é quase a mesma coisa. Tem de se aproximar dos adultos primeiro e ficar longe do filhote a princípio. Olhe o filhote de hiena. Eu quero tentar tocar nele.

Os estalos pareceram chamar a atenção do trio e eles logo cessaram a timidez e vieram balançando seu curto rabo, rendendo-se ao contato, ao toque e aos cafunes do soldado. Gradativamente a família de hienas deu lugar a um comportamento como o de cachorros, acolhendo-se nos soldados. Robertus começou a rir baixo da situação e Douglas também.

— Soldado Ivanovik, você foi promovido a posto de encantador de hienas.

Raheem ainda tinha certo receio da aproximação com os animais, no entanto o restante cedeu às risadas.

— Quem é o demoniozinho? Quem é o *mustadbal* do papai? — brincou Ivanovik. — Ei, Raheem, pode chegar mais perto, são apenas hienas. Você ficou com medo do que o cara disse?

O tempo pareceu se distorcer, até congelar para Raheem, mas um gemido quebrou o torpor. Era Ibrahim, que gemeu de medo de dentro do carro:

— *Mustadbae... Mustadbae...*

O pessoal começou a fazer piada.

— Calma aí, seu hienafóbico, são apenas hienas — disse Ivanovik.

— Não hienas. *Mustadbae*! — reafirmou o informante com seu sotaque carregado de nervosismo.

— Hienafóbico! Essa foi boa — alegou Douglas quando começou a rir, e Robertus o acompanhou.

Ibrahim saltou do carro e saiu em disparada, correndo para a escuridão.

— Droga, vá atrás dele, Raheem? — pediu seu superior, que se encontrava também acariciando uma das hienas.

Assim Raheem fez, começou a correr na direção em que o informante correra escuridão afora no deserto, mas o homem fugia desesperado. Ele se atentou às pegadas que seus olhos conseguiram detectar na areia clara do deserto.

— Volte, porra! Volte, cacete! — exclamou, nervoso, para o informante que não cessara a corrida e já não podia mais ser visto.

— *Mustadbae*! — gritou enquanto corria.

Era a única resposta dele, já esquecendo praticamente como se falava em inglês.

— São apenas hienas! — berrou de volta, mas o homem sumiu do mapa. Logo não pôde mais detectá-lo. Ficou em silêncio para tentar ouvir os gritos, contudo o único som diferente na noite era as risadas de seus colegas de pelotão. – Droga, maldito! – Agora estava sozinho. Tentou chamar o nome de Ibrahim, mas não houve resposta. O desgraçado havia fugido e desaparecido. Teria de buscá-lo, senão as coisas não ficariam bem. – Porcaria! Filho da puta! – xingou.

Resolveu voltar para o veículo na intenção de saírem todos juntos, já que era uma idiotice sair sozinho, pois poderia haver rebeldes antiamericanos à solta no deserto. Topar com estes e sofrer uma emboscada terrível não era uma possibilidade agradável.

Retornou para a luz. Um vento forte começou a soprar, esfriando ainda mais, e ele cogitou mentalmente a opção do informante morrer congelado, então acelerou o passo para o veículo.

Tão logo foi se aproximando, os ventos trouxeram um cheiro familiar para qualquer pessoa vivida, um cheiro famoso e ferroso. Ele estranhou. Achou que havia algo de errado, mas continuou correndo de volta sem cogitar nada de anormal. Quando o estranhamento e a dúvida por fim chegaram até sua cabeça, já era tarde demais, retornou para a luz do veículo em meio ao trio de risadas dos colegas, que agora se multiplicaram em seis, e viu seus colegas ainda rindo e gargalhando como os deixara, mas cada um estava acompanhado de uma coisa do tamanho de um homem adulto; uma coisa peluda com a boca manchada em sangue rubro. Alguns ainda com a boca no pescoço de seus amigos. Estas tinham um sorriso rubro. Seus colegas vomitavam sangue e não deixavam de rir. Aquelas coisas tinham enormes olhos negros, brilhantes e hipnotizantes.

– São apenas hienas – disse novamente Ivanovik, ainda gargalhando nos braços do homem hiena.

A garganta estava esfolada e seu sangue era sugado pela coisa.

O QUE RI

Espíritos do deserto em comportamentos bestiais
Nascidos do sofrimento de jovens vestais

Prenunciam-se com risos maníacos na escuridão
Qual o destino dos ouvintes? Eis a questão

Roubam de suas mentes a sanidade
Tiram sangue de suas veias por maldade
Invadem suas cidades
Enganam a humanidade
E te levam sem nenhuma piedade

Canções de bruxas e rapsódias de fadas negras
Capítulo 4: "Dos teriantropos"

INCIDENTE NO MONTE HAKKŌDA

Prefeitura de Aomori, Japão, 1902

— Atenção, homens, vamos revisar o plano de treinamento! Em vista de um possível conflito com a Rússia, estaremos iniciando uma bateria de treinos de inverno conforme coordenado e instruído pelo Quartel-General. — Eram 06h50 da manhã, segundo o relógio do quartel do Quinto Regimento de Infantaria da 8ª Divisão do Exército Imperial Japonês. — Estaremos saindo dentro de alguns minutos. Nosso plano envolve a escalada do Monte Hakkōda até as Fontes Termais Tashiro. Vinte quilômetros adentro do Monte Hakkōda com retorno previsto para amanhã.

Duzentos e oito soldados eram os ouvintes da operação de treino, que totalizava duzentos e dez homens contando o capitão e o próprio major que queria fazer parte daquele evento. O grupo se organizou e todos os detalhes foram marcados no relatório do dia com a saída ocorrendo às 06h55 da manhã. O grupo seguiu rumo à sua escalada; para muitos daqueles homens a última de sua vida.

— Vocês não deveriam subir — acrescentou um dos moradores para o capitão. — O Monte Hakkōda é traiçoeiro e com este clima frio periga uma nevasca atacar o lugar e causar transtornos a vocês.

— É exatamente para este clima frio que estamos aqui. É um treinamento para os soldados.

— Entendo, mas tenho de alertar vocês. Não é seguro. Com a neve, a visibilidade é péssima. E transitar de volta pode ser muito difícil — comentou o morador idoso na entrada do território.

— Vocês ao menos têm um guia experiente? — perguntou a esposa do senhor de idade.

— Não temos e não há tempo para contratar um, não agora — informou o major, aproximando-se ao ouvir a conversa. — Temos o capitão, e ele tem alguma noção do território. Isso deve bastar.

O capitão recebeu com uma afirmação o comentário do major e se sentiu mais confiante com aquilo.

— Cuidado com a yuki-onna — alertou um terceiro idoso, este mais senil do que nunca, referindo-se à lenda da mulher de gelo que vive nas montanhas e abduz homens e crianças, sugando o calor do corpo destes entre várias versões.

Um mero folclore. No mundo dos adultos, o terror de uma guerra contra a Rússia faz o folclore ter pouco lugar. Nem o capitão, nem o major se deram ao trabalho de contra-argumentar aquele comentário. A confiança inabalável do major inspirou o capitão ainda mais naquele treinamento, e sem mais dúvidas ou delongas o grupo iniciou a subida pela região montanhosa em duas fileiras próximas e paralelas. As primeiras horas naquela baixíssima temperatura se deram em ritmo acelerado. Um espírito ultranacionalista e patriótico tomava conta daquele pelotão em sua acelerada escalada pelo monte até uma pausa rápida para consumo de refeições às 12h00.

— Toshiō? Ei, Toshiō! Você é da região, não é? — perguntou outro soldado, de nome Jirō.

— Sou, sim — afirmou o jovem enquanto mastigava sua refeição com o corpo encolhido de frio.

— Qual a temperatura padrão daqui? Faz muito frio aqui em Aomori?

— Hoje está um dia quente até — respondeu Toshiō para espanto de Jirō. — Relaxe. Estou brincando. Está mais frio que o normal mesmo, mas não medi a temperatura. O treinamento neste inverno já era planejado.

— Na Rússia é tão gelado assim?

— Vem cá, de onde você é, afinal? — Quis saber Toshiō, ignorando a pergunta de seu colega.

— Sou de Osaka. Não estou acostumado com um frio desses.

O comentário fez Toshiō rir um pouco.

— É justamente gente como você que eles procuram. O pessoal mais desacostumado com o clima gélido.

— É. Faz sentido. Trouxeram o Goto para cá.

— Quem é Goto?

— Goto, vem cá — chamou Jirō, e um homem de aspecto forte e quase azul de frio se aproximou deles, tremendo.

— S-s-s-s-sim?

— Nossa, nem está tão frio assim. De onde você é? — perguntou Toshiō.

— O-Okinawa — respondeu o soldado, fungando seu nariz escorrendo.

— Nossa, cara, você veio do lugar mais quente do Japão para um dos mais frios? — questionou em tom irônico, causando um pouco de riso em Jirō, o que fez Goto apenas confirmar com a cabeça. — Entendi. Vou caminhar para aquecer um pouco. Me acompanham?

Aproveitando o momento de parada, o trio se separou do grupo principal e caminhou um pouco em meio à floresta. Com Toshiō na frente, Jirō em segundo se encolhendo um pouco e Goto em último, esfregando seus braços, buscando calor a qualquer custo.

— Por que a gente mija mais no frio? — perguntou Toshiō enquanto urinava em uma árvore.

— Acho que é só impressão nossa — soltou Jirō.

— Deve ser p-porque a gente sua menos — respondeu Goto.

— Bom, faz sentido. Temos de soltar água por algum lugar. Goto, você mijava mais ou menos no seu lar?

— Mijo mais aqui.

— Bem, eu tenho uma nova pergunta para vocês: por que, ao acompanhar alguém mijando, sentimos vontade de mijar também? — questionou Jirō, movendo-se mato adentro em um canto na intenção de também urinar.

— Aí você me pegou — Toshiō falou, olhando para Goto, que deu de ombros, também não sabendo o porquê.

— Ei, Toshiō, corre aqui! — gritou Jirō. — Como se chama isso?

— Eu chamo de pênis.

A piada provocou risos na dupla que ficou para trás e Jirō renovou o chamado.

— Não. Isso! Eu disse isso. — A dupla resolveu se mover e ir na direção em que ele estava e topou com Jirō, que agora olhava algo à sua frente. Era uma estátua sólida e perfeita de uma mulher esculpida em gelo duro no meio do nada. — Têm escultores de gelo no meio do Monte Hakkōda? — perguntou a dupla de recém-chegados.

Era uma escultura perfeita até nos cabelos. Ao examinar mais de perto, notaram que não era gelo esculpido, mas neve, mole e macia, ainda que gelada. Havia algumas inscrições nipônicas em uma base no pé. Eram kanjis arcaicos que eles desconheciam o significado. Estava no meio do nada, e o esquisito era que a neve ainda não estava tão grossa a ponto de dar tempo de alguém ter juntado e feito aquele trabalho perfeito, no meio do mato.

— Não faço a menor ideia do que isso está fazendo aí, mas com certeza vou voltar antes que se esqueçam da gente.

Toshiō e Goto voltaram para a área em que o restante dos homens almoçava, contudo Jirō precisava urinar e assim o fez nos pés daquela estátua em um prazer infantil que o mesmo tinha de observar a reação da neve gelada derretendo em contato com a urina quente. Curiosamente, os pés da estátua não derreteram, e ele retornou para o restante do grupo.

Eram 16h00 horas quando o grupo chegou a um dos marcos da estrada: o cume do Umateba. Ali as coisas começaram a ficar ruins. A temperatura baixou mais ainda com a chegada de uma tremenda nevasca, que embranqueceu o lugar inteiro, algo para o qual o grupo não estava preparado. A neve e vento vinham com força, dificultando a locomoção e logo a localização. O objetivo do primeiro dia, que eram as Fontes Termais Tashiro, estava a apenas quatro quilômetros do Umateba. No entanto, jamais encontrariam tal lugar.

— Senhor major, senhor major, deveríamos retornar — insistiu o capitão.

— Devemos mostrar ao povo do que o Exército Imperial Japonês é capaz, mesmo a mais agressiva força de natureza pode ser dobrada pela vontade dos homens, senhor comandante. Vê lá embaixo a nossa cidade? São aquelas pessoas que se recordarão de nós quando retornarmos. São elas que testemunharão e contarão aos seus filhos e netos do que a coragem dos homens do imperador é capaz.

— Major, com todo o respeito, não posso garantir a sua segurança, não com essa nevasca imprevista e com essa queda de temperatura. Viemos preparados e equipados para uma caminhada no frio com uniformes de algodão, não para encarar nevasca e neve extrema com o risco de nos perdermos.

— Confie mais em você, capitão, e no espírito de luta imperial — disse o major com as mãos em seus ombros. — Não foi a mera vontade do imperador que o guiou até essa posição, foi o destino e suas qualidades.

O capitão viu que não havia como mudar a decisão do major, que insistiu em continuar a expedição. Talvez uma parte de si aceitasse as bajulações, e ele cedeu na expectativa de que o clima pudesse melhorar dentro das próximas horas.

A noite veio e assim os duzentos e dez homens que adentraram aquele terreno não mais estavam unidos como um único pelotão rumo a um local, mas separados com diversas células isoladas sem rumo na montanha nevada. Durante a noite, a maior parte dos homens se abrigou como podia do vento entre as árvores e se abraçou formando círculos de pessoas para compartilharem calor corporal. Os dedos doíam, a caminhada era mais difícil e vagarosa, deixando pessoas para trás. O som alto dos ventos fantasmagóricos, que traziam mais neve, ensurdecia a ponto de emudecer os gritos de comunicação entre as tropas. A ponta do nariz e as orelhas sofriam pelo seu congelamento, assim como os dedos de alguns soldados, que rasgaram sem querer os dedos de suas luvas.

Goto dormiu abraçado em um dos círculos de pessoas e acabou acordando com o repetido barulho de duas coisas sólidas se batendo. Quando abriu os olhos, viu que se encontrava abraçado com outros dois soldados, um ainda trêmulo e outro estático de cócoras. Sem maiores reações, havia alguém no meio da neve completamente congelado e caído. Em meio ao branco do lugar, localizou a fonte do som, um soldado tentava quebrar a ração com a carabina, já que esta havia congelado e virado pedra.

Ele andou um pouco e tentou gritar algo para o soldado da carabina, mas começou a tossir e engasgar com tamanho frio. Enquanto lutava para erguer a cabeça, Goto ouviu o barulho do choque da carabina contra o gelo se encerrar de forma abrupta. Lutou um pouco para se reerguer. Ele sentiu um vento mais gelado que a própria neve na sua nuca e entre seu pescoço. Tentou se aliviar do frio sobrenatural que não o deixava se levantar. Após certa luta contra si mesmo, conseguiu levantar a cabeça o suficiente para ver os pés do soldado da arma de pé, parado ao lado da ração e da carabina. Sua visão lhe pregava peças, imaginando algo branco próximo ao soldado. Ele lutou muito para erguer a vista e, quando conseguiu, notou aquela coisa pálida agarrada ao seu colega, estático de pé. O frio que residia na nuca e pescoço deslizou para dentro de sua roupa, e ele tentou fechar seu traje o mais rígido possível, mas não conseguia. Não eram ventos gélidos que o envolviam, mas mãos, agarrando-o por trás, passando por sua nuca, deslizando pelo pescoço e se aventurando em sua roupa, macias como a neve.

Um outro grupo lutou contra o frio e se abrigou em uma encosta que dava para o rio.

— Onde estamos? — berrou um dos soldados a Jirō.

— Não sei. Temos de retornar para a vila, mas não sei o caminho.

— Estamos perdidos, eu sabia — disse outro homem em tom de choro.

— Certo. Alguém aqui é desta província ou todo mundo veio de fora para treinar? — Jirō perguntou, e não houve reação positiva da parte dos homens.

Todos eram forasteiros e ninguém conhecia a floresta ou o caminho de volta. Eram cinco homens perdidos.

— Toshiōōōōō! — Tentou berrar à procura do companheiro que sabia pertencer ao exército e à região, no entanto estavam isolados. Ele se encontrava com vontade de urinar. A nevasca dificultava a visão e o único ponto de referência era o rio. — Droga! O que houve? Como tanta gente se perdeu assim tão rápido? Como ficaram para trás? Esse pessoal vai congelar até a morte.

— É-é-é o su-suor! — berrou, gaguejando de frio, um dos homens que parecia estar pouco acostumado àquele clima, dado o tanto que tremia. — Está congelando a ro-ro-roupa e a gente-e.

E era verdade. Era impossível escalar aquela montanha sem suar, e o fluido corpóreo, em contato com a baixa temperatura, estava virando uma camada de gelo perigosíssima colada ao corpo dos soldados. As roupas pesavam com o peso extra, era como andar com blocos de gelo amarrados ao corpo.

— Escute, o rio pode ser nossa única saída. Vamos nos guiar por ele para voltar — alguém do grupo disse.

— Como é? — Jirō berrou e mal ouviu sua própria voz.

Notou ali que havia perdido a audição de um dos ouvidos.

— Não aguento mais! — reclamou um dos homens, que correu para o lago, e outro o acompanhou.

— Esperem, seus idiotas, o que vão fazer? — chamou um dos homens, ainda com Jirō quando viu que a dupla se aproximou do rio em meio à nevasca e tirou seus uniformes, arriscando voltar a nado, mesmo com a frieza anormal.

Os gritos de protestos à estúpida ideia foram silenciados pelo vento da nevasca. Jirō se viu sem rumo e sem saber o que fazer. Um dos homens se moveu para perto de uma das árvores para urinar e Jirō se virou para outra para fazer o mesmo, não mais lutou contra a vontade, estava virando um jogo em que era cada um por si.

Ao tentar mijar, notou sua urina congelar. Tentou abotoar a roupa, mas seus dedos congelados o traíam. Ao se virar para seus dois colegas em pânico, viu que o que tentara se esvaziar havia aparentemente morrido estático de pé com as calças desabotoadas. O outro estava no chão, sentado na neve, e se debatia.

A visibilidade de Jirō o traiu quando se aproximou de seu colega e percebeu o pânico em seu rosto com respeito a algo que avistou. Um trio de mulheres brancas como a neve se aproximou sorrateiramente da dupla. As últimas sensações deles foram a de doces e gelados beijos pelo corpo, sugando calor e vida.

— Venham, temos de nos abrigar da tempestade de neve — chamou Toshiō, o mais alto que pôde, em um duelo sonoro contra o som da tempestade.

Ele estava acompanhado de mais três homens, e a visibilidade era péssima, somente ele era da região e as condições do frio estavam inumanas. Sua garganta gelou e ardeu com a temperatura do ar e percebeu que tinha de se poupar. O ar estava tão frio que estava congelando sua garganta a cada grito. Se eles não encontrassem qualquer forma de abrigo, logo estariam condenados.

Então, em meio à neve e às árvores, pensou avistar uma pessoa, uma figura com roupa branca andando entre as árvores. Não teria notado não fosse o contraste da mesma com as árvores, pois a nevasca tornava quase impossível notá-la com detalhes. Ele foi em frente, ajudando um colega a andar, enquanto os demais vinham atrás, seguindo na direção da figura de branco. Aparentemente eles também haviam avistado. Próximo da árvore, a neve se encontrava remexida, dando a entender a passagem de alguém ali.

— Rápido, antes que as pegadas sumam com a tempestade — informou um dos homens, que começou a tossir com a invasão do frio na sua garganta.

O silêncio era uma necessidade para a sobrevivência. A trilha foi seguida e entre as árvores localizaram aquilo que buscavam sem esperança: um abrigo. Havia um morador naquelas montanhas. Havia uma cabana de madeira em ótimo estado que se contrastava com a neve por causa da madeira escura. Um deles tentou entrar correndo e conseguiu. Os outros, incluindo o próprio Toshiō, entraram desesperados.

Não fosse sua pressa ou a nevasca, talvez Toshiō parasse para observar melhor a entrada, na qual uma escultura de neve curiosamente familiar com o formato de uma mulher residia. Nas paredes da cabana jaziam os caracteres 失われた愛の住[13] entalhados na madeira.

Era madrugada quando os homens que acompanhavam o capitão e o major tentaram fazer uma fogueira para se aquecer, mas sem nenhum sucesso. A madeira estava molhada, sob circunstância nenhuma pegaria fogo. Quem não estava tentando fazer fogo em esforço inútil estava, sob ordens com capitão, cavando trincheiras para tentar se esconder do vendaval. Cavar a neve fazia os homens se cansarem mais, suarem e congelarem até a morte.

— Ei, soldado, o que houve aí? — perguntou o capitão para um homem que estava perto de um soldado caído e dois de pé próximo a eles.

— Serizawa viu alguém lá atrás tentar mijar e não conseguir abotoar a roupa de volta com os dedos dormentes. Ele achou que seria uma ideia melhor tentar mijar na própria roupa, mas a urina dele congelou e agora está sofrendo uma hipotermia.

E realmente parecia pelo estado do soldado caído.

— Capitão, vamos descer a montanha, não podemos continuar — ordenou o major para o capitão. — Este frio está fora do esperado.

— Homens, me sigam em fila. Vocês dois, carreguem Serizawa. Temos de deixar a montanha urgente.

Assim foi ordenado, e as tropas cessaram com a ideia do fogo ou da trincheira. Ele notou quão poucos homens se encontravam na unidade agora que estava toda dizimada. Não havia nem metade

13. Lê-se "Ushinawareta ai no Jūkyo", que pode ser traduzido como "morada do amor perdido" ou "residência dos amores perdidos".

dos duzentos e dez homens originais. A operação de treino havia sido um desastre, e ele se sentia culpado. O grupo iniciou a descida em meio à nevasca durante a noite, absolutamente zero visibilidade, tanto pela escuridão como pela neve. Após um tempo de descida no completo frio e breu, o major tomou uma medida drástica:

— Capitão, suas escolhas nos colocaram nesta situação desfavorável. Vou assumir o comando daqui.

O capitão se sentiu rebaixado pelo comentário. Pensou em lembrar ao major que tentara desistir no meio da operação, mas o próprio havia insistido nisso. Dentre os homens próximos ao qual conseguia observar pelos olhos acostumados parcamente à escuridão, ficou evidente que mal havia cinquenta homens e ninguém tinha a mais básica ideia do caminho ou da antiga trilha. Em silêncio, resolveu baixar a cabeça, ceder à pressão e ao controle do major. Mal sabia que a direção nova que o superior os havia colocado agora era totalmente contrária ao retorno para a vila.

No dia 25 de janeiro de 1902, a queda de temperatura no histórico de mudanças climáticas japonesas foi registrada com -41 graus célsius, além de uma enorme e estranha queda de pressão nos céus acima do Monte Hakkōda. Dos duzentos e dez homens do Quinto Regimento de Infantaria da 8ª Divisão do Exército Imperial Japonês, 193 morreram na montanha e mais seis morreram no decorrer dos próximos dias após serem encontrados pelas equipes de busca. Oito dos onze sobreviventes resgatados tiveram membros amputados. Mesmo hoje, Hakkōda é considerado um dos pontos mais assombrados do Japão.

Inverno mortal.
Bela mulher das neves.
Busca seu calor.

Canções de bruxas e rapsódias de fadas negras
Capítulo 12: "Dos filhos do Anima do Leste"

CONHECIMENTOS PROIBIDOS

Ras al-Khaimah, Emirados Árabes Unidos, 1973

— Você voltou por que, Andrew? Voltou por sabedoria mesmo? Ou por estar com o coração partido? — perguntou o sacerdote mulá, o velho de olhar carregado de desprezo pelo outrora pupilo.

— Voltei por tudo, mestre Viraj — respondeu Andrew.

Os dois se encararam em um silêncio desconfortável e breve.

O jovem e o velho. O aluno e o professor.

— Venha logo. Entre para tomar um café — convidou o sacerdote, quebrando o gelo da cena.

Andrew Salim era um estudante de teologia do islamismo, mas seus estudos espirituais o fizeram se afastar, ainda que brevemente, para conhecer as diversas vertentes do espiritismo e budismo. Estes regados por uma curiosidade espiritual que também levara Salim, desde sua infância, a iniciar os caminhos islâmicos. Seus seguimentos de estudo mais modernos eram de óbvio desagrado para um tradicionalista como seu pai adotivo, Viraj.

Sentaram-se à mesa e começaram a tomar o café marrom-escuro, algo que Andrew tinha saudades de sua terra natal.

— Veio para cá buscando continuar seus estudos da xaria? Ou veio apenas de passagem me dar outro não?

— Não é nada disso, mestre Viraj. Viajei o mundo nesses anos e conheci o que ele tinha a oferecer de mais incrível. Conheci também a visão de outros sobre os caminhos da alma, corpo e mente.

— Corpo, mente e alma são bons conhecimentos, já lhe disse isso, mas você, Andrew, sempre foi um devoradorzinho de conhecimento, desde criança. Eu vejo ainda o brilho nos seus olhos — apontou o idoso enquanto subia aos lábios a xícara com café.

— E o que há de errado nisso? A busca pelo conhecimento é um dever de todo muçulmano, não é, mestre? — retrucou o jovem, citando palavras famosas que seu mestre já proferira a ele.

— Sim, Andrew, mas você devia saber melhor do que ninguém que o que faz com o conhecimento é mais importante; como o aplica principalmente em sua comunidade.

As palavras tinham um peso antigo para Andrew, pois Viraj desejava que seu pupilo usasse dos ensinamentos e aprendizados em sua comunidade, para seu povo e semelhantes. No entanto, Andrew tinha o prazer eterno em aprender; aprendizado sem limites e sem compromisso. Esse ponto foi o choque que, havia quatro anos, separara mestre e pupilo.

— Mestre, mestre, o que há de errado em gostar de saber? É importante sair da comunidade. Isso expandiu minha mente. Estudei nesses anos muito mais de filosofia, existencialismo e espiritualidade do que pude ler nos anos em que fiquei aqui na comunidade. Li e conheci pessoas incríveis. Você deveria fazer o mesmo.

— E como já aplicou tais conhecimentos? Virou médico? Se virou um doutor, meus parabéns. Saúdo você.

— Não, eu não virei médico. Eu...

— Vê? Aí está! — interrompeu Viraj. — Você passa mais tempo aprendendo, Andrew, do que usando esse aprendizado de forma útil. Pode ter viajado, saído, mas infelizmente ainda parece ter o mesmo defeito.

— Qual defeito seria esse?

Andrew se sentiu insultado por tal comentário e não conseguiu esconder a animosidade que adquiriu diante disso.

— Você adquire conhecimento por vício, adquire apenas pelo prazer de saber mais que o outro. Aprende tal qual um alcoólatra bebe.

— E mais conhecimento não tem o poder de fazer maior bem? Um médico com o conhecimento correto não pode curar um enfermo e melhor tratá-lo do que uma pessoa com ações baseadas em achismos?

— Pode, mas um achismo correto ainda cura mais do que um doutor omisso. Um pássaro não voa preso em uma gaiola.

Andrew se sentiu brevemente atordoado. Ele largara de seu mestre havia anos, seguindo seu próprio caminho, enquanto estudava e aprendia outras filosofias. Nesses anos lhe parecera tão claro como seu mestre estivera errado, como era só um velho ignorante. Voltara para casa disposto a encontrá-lo e lhe mostrar que se tornara em pouco tempo tão sábio quanto ele. No entanto, as respostas não vinham até ele naquele debate.

— Olhe, não é possível que eu esteja ouvindo isso. Não é possível!

A exclamação de Andrew foi demorada. Ele não admitiria nem morto, mas ela foi lenta e demorada para ganhar tempo para achar uma resposta ao seu antigo mestre. No entanto, nada vinha à sua mente.

— Escute, Andrew, me escute. O problema está em parte em suas intenções. Você aprende apenas pelo prazer, não pelo dever com o povo.

— E é tão ruim assim ter prazer no dever? — inquiriu o jovem, irritadiço.

— Não, isso seria até bom, no entanto em seu caminho só há prazer. Não há dever ou compromisso em sua busca. Você parece, e me perdoe se estiver enganado, que só veio aqui tentando se provar inteligente e sábio, Andrew. Só quer estar certo.

A afirmação de Viraj o tomou de surpresa, e diante disso não recusou a acusação.

— Ok... eu admito! Eu quero estar certo, mestre. Quero saber tudo e estar certo. Não há problemas para mim em confessar que quero e desejo mais conhecimento.

A voz de Andrew se elevou em tal afirmação, e Viraj o olhou de forma séria, mas com um olhar pesaroso.

— Cuidado com o que procura, Andrew. Há conhecimentos que não são para todos os homens, e alguns que são para nenhum.

— Se o conhecimento é ruim, ou errado, basta não o usar, Viraj — falou o discípulo, enervado agora com pouco respeito pelo seu mestre. — Não é você que está apontando aqui a importância de se saber usar o conhecimento? Se eu souber algo teoricamente ruim não deveria apenas não pensar nele ou não o usar?

A afirmação de Andrew aparentou brevemente ter pego Viraj de surpresa pelo silêncio que o senhor fez e pelo fato de ter baixado os olhos para a xícara vazia de café. Um êxtase tomou conta de Andrew. Sentiu uma força quase impossível de resistir querendo o fazer sorrir. Seu mestre não errara em algo: Andrew adorava estar certo e se sentia correto e feliz com a perspectiva de ser Viraj quem agora se demorava em sua resposta. Antes que o sorriso vencesse a postura de seriedade da face de Andrew, Viraj proferiu novas palavras com tamanha naturalidade que a certeza de Andrew sumiu. Viraj apenas não queria ter de falar aquelas próximas palavras.

— Há conhecimentos que, independentemente de não usados, tornam o resto estéril. A podridão de um alimento, o bolor de um pão pode às vezes infectar seus semelhantes. O conhecimento ruim pode fazer o mesmo com a cabeça de um homem, Andrew.

O jovem se sentiu derrotado pelo velho, sentiu-se cansado. Em quatro anos de leitura e preparo queria chegar e se mostrar sábio ao seu mestre, todavia em menos de meia hora foi derrotado pelo sábio e suas analogias. Sentiu-se desarmado e procurou no silêncio de sua alma palavras para fugir dali sem perder a pose, sem deixar de estar certo. Sua mente, quase como se a última frase e ensinamento de Viraj tomasse efeito, foi infectada pelo sentimento de derrota.

— É uma pena que pense assim, mestre — disse Andrew. — Obrigado pelo café. Vou me retirar.

— Mas você acabou de chegar, Andrew. Não quer mais café ou ficar mais um pouco?

— Estarei na cidade por toda esta semana. Amanhã ou depois venho vê-lo para conversarmos mais.

Andrew coletou seu casaco e saiu rumo à rua. Despediu-se de seu mestre e seguiu rumo ao hotel em que estava. No caminho, notou como a cidade mudara e o que permanecia igual. Refletiu a cada passo sobre sua derrota no jogo do saber e como aquilo lhe era amargo. Odiava estar errado e por isso dava mais um ponto de vitória a seu mestre quando este afirmara que só queria saber pelo prazer.

Eram dezenove horas da noite quando passou em um bar, comprou cigarro e uma garrafa de bebida cara. O consumo de álcool fora de casa era proibido, mas Andrew cedeu à derrota moral e seguiu por uma estrada escura de pouca movimentação. Queria beber, fumar e pensar. Seguiu a passos pesados e a goles longos e demorados. Quando cansava da bebida ou sua boca ficava fria, tragava o cigarro. Quando cansava do cigarro e sua boca ficava seca, ia para o álcool. Andrew caminhou pela escuridão apenas perdido em pensamentos. Lembrou-se de quando saíra de seu país e viajara o mundo. Havia começado pela América, viajara à Índia, ao Nepal, ao Butão. No entanto, fora derrotado por Viraj, que nunca deixara seu país de origem.

Andrew perdeu a noção do tempo e só percebeu quando olhou para seu relógio de pulso e viu que caminhara a noite toda apenas com álcool, cigarro e as roupas do corpo, pois os ponteiros não mentiam: já eram três horas da manhã.

Onde se encontrava?

Em uma placa leu o nome, mesmo em meio à escuridão e ao silêncio; dizia "Al Jazirah Al Hamra". Uma cidade bem longe de Ras al-Khaimah. Como diabos andara tudo isso? Que tipo de bruxaria ou ilusão de sua mente fizera isso?

O céu foi iluminado por um relâmpago. Andrew olhou para trás e havia apenas trevas. Correu para a cidade a fim de evitar a chuva sinalizada pelo raio. Não sabia o que havia ocorrido ao lugar. Visitara este em sua infância com Viraj, no entanto não era assim. A cidade estava apagada, não havia nada além da quietude sepulcral e o som do trovão.

Estava deserta como uma cidade fantasma. Caminhou pelo lugar. Haviam prédios de pedra e casas abandonadas. Suas pernas estavam cansadas, e ele se apoiou em uma parede e se cortou com algo. Sentiu o calor do sangue de sua mão e viu que havia se cortado com conchas de ostras, que estavam coladas com massa nas paredes. A cidade ficava rente ao mar e elas foram utilizadas como parte da arquitetura. Lembrou-se brevemente de ter vindo à cidade ainda criança para ver o mar com Viraj.

Ainda com a mão sangrando, andou pelas ruelas escuras sem entender o que ocorrera ali. Em meio aos tons escuros da própria penumbra noturna, pôde distinguir a silhueta de um homem parado ao fim do beco, no qual Andrew adentrara. O homem parecia distraído com outra coisa, todavia não era possível distinguir nada devido às trevas, apenas a sua silhueta.

— Ei, amigo, o que houve aqui? — perguntou Andrew, e a sombra virou seu rosto negro para ele e começou a caminhar em sua direção sem proferir nenhuma palavra.

Quando ela se ocultou na sombra das casas, misturando-se, nem mesmo os olhos acostumados de Andrew podiam distinguir direito. A coisa iniciou a caminhada até ele com passos inaudíveis, mesmo no chão de pedra.

Andrew ficou sóbrio por causa do pavor sobrenatural que tomou sua mente, corpo e espinha. Temendo o que quer que fosse aquilo, começou a correr. Seguiu em meio à escuridão, perdendo-se naqueles becos mudos e sem vida. Correu sem saber o caminho de volta, e em poucas olhadas viu mais escuridão. Achou ter visto também o espectro mudo de homem vindo em seu encalço.

Andrew adentrou uma das residências abandonadas e pisou em falso. Havia algum buraco no piso de pedra, no qual pisou e desapareceu com um grito.

Bolas de fogo caíam do céu sobre a terra desértica, algumas destas aterrissando em florestas tomadas de hominídeos. Tais bolas tinham formas expressivas, como seres de chamas e fumaça em sofrimento pela sua queda. Andrew acordou, despertou daquele estranho sonho como um filme. Tentou se levantar e sentiu uma dor enorme nas costas, braço e pernas. Fosse lá onde estivesse, caíra de mau jeito e permaneceu assim durante um bom tempo. Acordou com um som de chuva forte e trovões, a mão ainda dolorida por causa do corte por onde vazara sangue.

Uma voz gutural, mas convidativa, perguntou-lhe na escuridão:

— Está bem?

— Estou com dor — respondeu sem ver o dono da voz. Andrew abriu os olhos e analisou o cômodo. Estava no andar inferior de algum tipo de mesquita antiga. O chão do nível superior havia se partido, e ele havia descido. – Quem está aí, afinal?

O silêncio breve foi a resposta, antes que a voz ganhasse coragem e lhe desse a curiosa resposta:

– Um companheiro de prisão, por assim dizer.

Andrew abriu os olhos. Sentiu a penumbra à sua volta mais densa que o normal. Sentiu também um sufocante cheiro de fumaça e sangue. Sua mão ardia por conta do sangue saído dali e o cheiro de fumaça tomava o lugar. Sua mente logo associou tudo ao seu sonho. Sua audição o fez notar o som de chuva e trovões da noite, e podia ver por um buraco no teto os relâmpagos contornando o lugar em que estavam. Era uma espécie de templo abandonado, que, por coincidência, ficava no subsolo de uma mesquita velha.

Havia uma rocha enorme no amontoado com uma trinca grande, de onde os flashs revelaram um olho de fogo o observando.

Assustou-se com aquela visão e não evitou um gemido de susto, fazendo-o se arrastar no amontoado de pedras da extremidade oposta.

– O que é isso? Me tirem daqui! Socorro! Alguém!? – Andrew começou a berrar enquanto tentava escalar as pedras.

Ainda ferido, pôde ouvir seus gritos sendo abafados pelo grito dos próprios raios.

– Não tenha medo. Sou como você – disse a voz na pedra.

– Ah, você fala? – Quis saber Andrew. Enquanto se encontrava abafado de medo, perguntou-se brevemente se o álcool tinha feito isso a ele, mas logo seu lado e conhecimento espiritual tratou de entrar em ação. – *Bi-smi llāhi r-raḥmāni r-raḥīm* – pronunciou Andrew.

– Não necessita disso – alegou a voz da pedra.

Ele continuou:

Bismi l-lāhi r-raḥmāni r-raḥīm(i)
Qul 'a'ūdhu birabbi n-nās(i)
Maliki n-nās(i)
'ilāhi n-nās(i)
Min sharri l-waswāsi l-khannās(i)
'al ladhī yuwaswisu fī ṣudūri n-nās(i)
Mina l-jinnati wannās(i)[14]

— Já falei que não precisa disso, pois *shayṭān* não sou — sussurrou a voz

Calma era tudo que Andrew não demonstrou ante a voz. Virou-se de costas a ela e tentou escalar o aglomerado. Íngreme como uma parede, atrapalhou-o, fazendo-o cair de forma desastrosa. Ele rolou e colidiu a cabeça contra algo duro, provocando um novo desmaio.

Um jovem estava a falar com uma moça trajada em vestes formais. Palavras e linguagem não eram distinguíveis, mas a situação era clara: o pedido de casamento feito à donzela foi recusado. O jovem apaixonado com a cara no chão ficou. A jovem moça logo voltou a se apaixonar por outro; um homem branco não pertencente àquela terra e tempo. A recusa doía, e o primeiro jovem recusado de coração partido se entregou à bebida. Entregou-se à autodestruição. Os anos passaram. A barba começava a nascer, entretanto o fardo

14. Al-Nas, que significa "a humanidade" em árabe, é um dos suras, os capítulos do alcorão, sendo Al-Nas o último destes. Sua tradução aproximada seria: "Diga: eu busco refúgio no senhor da humanidade, soberano da humanidade, o Deus da humanidade, do mal do sussurrador recuante, que sussurra o mal para o seio da humanidade, entre djinns e a humanidade."

do amor recusado nunca veio a desaparecer. Como poderia tolerar viver no mesmo mundo em que a mulher que amava existia e era feliz com um estrangeiro?, o jovem se perguntava. Buscou respostas no alcorão, que até então evitava, porque fora recusado. Encontrou neste a própria dúvida do porquê passara tanto tempo recusando o alcorão. Os anos passam, pessoas vêm e vão... jovens amizades, jovens aprendizes. Toda uma vida de aprendizados e acontecimentos se vai, a barba fica mais grisalha, combinando com as rugas do rosto refletido no espelho daquele que não é mais o jovem do início, mas um senhor de idade, que agora fita um outro jovem que adentra sua casa.

— Eu voltei, Viraj — disse Andrew para o senhor de idade.

Andrew despertara de seu desmaio. Acordou paralisado. Podia ver à sua frente, sob a luz dos trovões, sangue escorrendo de sua testa. Um filete de sangue escorria para dentro do buraco em que o prisioneiro o olhava. Todo o medo abandonou Andrew naquela hora pelo choque de suas visões do passado de Viraj.

— O quê? — perguntou ele sem maiores especificações, diante da visão enigmática que tivera.

— O que você queria ver — respondeu a voz rouca, como se entendesse o restante da pergunta não pronunciada.

Andrew não pôde olhar aquilo sem tomar um choque. Ficou brevemente entregue à inanição no chão, refletindo sobre sua visão. Havia esquecido o medo daquele ser diante do choque do conhecimento. Tentou se levantar, porém sua cabeça latejou com a dor, e uma breve pontada da ferida na testa o fez cair sentado, de frente à pedra. Após alguns segundos de silêncio, ainda absorvendo o choque do momento, tornou a falar:

— O que foi que vi? O que é você? O que quer?

— Muitas perguntas, todas com respostas, mas me responda você, é sempre curioso assim? — Devolveu a voz de forma convidativa. Andrew parou, lembrando-se das advertências de Viraj a respeito de sua busca por conhecimento, no entanto nada respondeu à coisa na pedra. — Você assistiu ao passado de quem você queria ver. O que sou? Depende, uns me tinham por um hatif, outros por um djinn, no entanto como posso afirmar o que sou? Não tenho essa propriedade. O que é você, Andrew Salim?

— Como sabe o meu nome?

— Sei tudo, simples.

A resposta rápida, curta e direta emudeceu o jovem, o suficiente para o choque dar lugar à sua forte e poderosa curiosidade.

— Você... não respondeu minha última pergunta. O que quer? Se sabe de tudo, como não sabe o que sou?

— Nunca disse que não sabia o que você é. Perguntar não significa não saber — alegou, ríspido. — Quanto ao que quero, quero conhecimento, mais do tudo que sei, e também quero o que há em sua mente e em sua mão.

Andrew não se sentia confortável com aquelas afirmações, nem com o pedido enigmático da coisa na pedra. Brevemente olhou a mão com o corte seco, ainda dolorido, e sacou que não era um enigma. A coisa na pedra queria seu sangue.

— O que, criatura maligna? Sem chance — berrou Andrew, e os raios da chuva nos céus daquela madrugada acompanharam seu corajoso brado.

A voz na pedra nada mais respondeu e apenas continuou indiferente a Andrew. O jovem começou a refletir sobre a visão do passado de Viraj. Algo nele ganhara força e confiança ao saber que Viraj se voltara aos caminhos do estudo após um passado patético de recusa amorosa. Refletiu que o tão sábio Viraj, no fim, era um xenofóbico, motivo pelo qual tinha tanta aversão aos estudos de culturas diferentes da sua. *Um ignorante se fazendo de sábio*, pensou o jovem.

Depois, refletiu um pouco sobre essa coisa de visão e sobre a sua primeira visão das bolas de fogo caindo do céu. Não entendeu, e sua sede de conhecimento o fez pensar alto, após uma reflexão, fazendo-o dizer as palavras "fogo no céu".

— Era meus irmãos e eu — disse a voz, causando um choque, um estalo na mente de Andrew.

— Como vi isso?

— Você viu porque eu o mostrei. Éramos eu e meus irmãos chegando aqui.

— Como fez isso? E o que é você?

— Já disse que não tenho a propriedade de dizer o que sou. Sou alvo de muitas indagações como a sua, Andrew Salim. Como fiz isso? Assim.

Andrew viu uma mulher grávida dando à luz acompanhada de um homem, seu marido com cara séria. Observou a criança já vestida sendo abandonada pelo homem e pela mulher chorosa, assistiu ao bebê já criança nas ruas sendo adotado por um idoso, que perguntou a ele seu nome.

— Andrew Salim — respondeu o jovem.

A visão foi rápida e em fragmentos, muito mais fraca que antes; não apenas rápida, foi instantânea. No entanto, Andrew viu seu próprio passado em choque. Seu primeiro encontro com Viraj.

— Como sabe de meu passado?

— Sei do seu passado, do meu passado e de nossos futuros. Sei um pouco de tudo.

Andrew se viu tomado de uma ansiedade. Ele viu pela primeira vez naquelas visões o passado que não sabia que tinha. Fitou seus pais, o rosto deles.

— Me mostre mais.

— Mais do quê?

— De tudo.

O jovem estava inebriado pela chance do saber infinito.

— Não posso.

— E como o fez antes?

— Fiz porque tive sua ajuda. Você me deu algo que eu queria e lhe dei algo que você queria em troca.

Andrew não se demorou a raciocinar. Era seu sangue. Aflito e curioso, não mediu esforços. Raspou a própria mão contra a ponta de uma pedra, reabrindo a ferida, e estendeu acima do buraco, no qual as gotas caíram.

Assim sendo, viu dois homens, duas figuras humanas em trajes brancos com capacetes escuros em um lugar, descendo uma pequena escada. Um destes falou, ao terminar de descer, para um deserto de areia branca: "um pequeno passo para o homem, um grande salto para a humanidade." Ele conseguiu até sentir cheiros e sensações novas, um frio diferente e um flutuar a cada passo inédito a ele.

— Passado? Futuro? O que foi isso? — questionou o jovem, como alguém que acabou de experimentar alguma droga nova com alto poder viciante

— Presente. Alguns poucos anos no passado, mas que ainda enxergo como presente — respondeu a voz.

Andrew experimentou sensações e viu coisas que Viraj ou nenhum outro homem jamais viu ou verá. Poucos além daqueles homens eram testemunhas, e era incrível, inebriante, o conhecimento vivo, não apenas em textos, mas em visões e sensações.

— Me mostre mais. Me mostre mais coisas. Mais do passado. Mais do futuro. Mais coisas incríveis.

— O que quer ver, Andrew?

— Me mostre tudo. Me mostre o que acha mais interessante... Não, o que acha mais relevante — corrigiu ele.

— Preciso de mais sangue — pediu a voz de fumaça. Andrew não tardou, cortou-se, ignorando a dor. — Não. Eu preciso de mais sangue. De novo sangue.

Andrew, como um drogado à procura da droga, olhou em volta, procurando pelos cacos de vidro de sua garrafa. Usou um dos cacos e abriu um corte vívido na outra mão. Um filete volumoso de sangue saiu para dentro da pedra, para o olho.

O jovem viu uma cidade com vários habitantes, um povo de olhos mais fechados, asiáticos, observou quando o céu ficou branco. Uma labareda vermelha e escarlate subiu aos céus. Na perspectiva de um soldado, sentiu um vento lançando este para longe, sentiu o calor e dor no corpo de outros, assistiu às pessoas chamando aquilo de "pikadon" em documentos com letras que não conhecia, mas não sabia como entendia. Viu a pele de pessoas derretendo em camas de hospitais em infinita agonia e observou em telas de TV gravações do cogumelo de fumaça se erguendo aos céus pela segunda vez.

Suado, Andrew vivenciou tudo aquilo, a visão assustadora enquanto seu cérebro lutava para compreender, assimilando aquele evento famoso no oriente e ocidente.

— Eu quero mais.

Cortou outra parte de sua mão como um viciado e deixou o sangue ir pedra adentro.

Assistiu a um grupo de pessoas em festa, comemorando algo em marcha por uma rua em um centro urbano e viu quando um marinheiro se aproximou de uma enfermeira, roubando-lhe um beijo. Assimilou a imagem repetidas vezes em jornais e panfletos com o subtítulo de V-J Day.

— Mais! Eu quero ver tudo.

— O que quer exatamente, Andrew?

— Quero ver o começo e o fim de tudo.

— Sangue tem seu limite. Preciso de algo maior que isso, Andrew Salim, mas digo aqui que há conhecimentos proibidos a mortais.

Como se compreendesse com exatidão o pedido implícito naquelas palavras, Andrew se dirigiu a um canto. Os próximos vinte minutos pareceram horas. O lugar foi tomado por berros e cheiro de sangue. A cidade era solitária de homens, mas cheia de espíritos, que ouviram os gritos dele assomado ao som seco do quebrar dos ossos. Um dedo foi arrancado voluntariamente, atirado para dentro de uma pedra por um jovem com agora nove dedos.

— Me dê tudo! — exigiu o viciado em conhecimento. — Me dê o princípio e o fim.

Andrew viu um grupo de figuras de aspecto feminino se reunir no interior de uma caverna em um círculo, com chamas no meio iluminando o lugar. Notou quando uma destas tirou o capuz, revelando um tentáculo de madeira no lugar da cabeça ou face definível, tal qual um galho com uma chama em sua ponta sem um rosto distinto. Foi testemunha quando, com sangue e carne de um recém-nascido humano, escreveram um manuscrito. Neste registravam canções fúnebres que cantavam animando aquele lugar de aspecto proibido.

— Mais, me dê mais! — implorou o homem com oito dedos, suando de forma inebriante com um sorriso de prazer, independentemente da dor.

Mergulhou em pequenas visões, uma época que parecia saída dos filmes. Um homem cavalgando em uma floresta rente a um rio, perseguido por um homem sem cabeça também a cavalo. Viu quando um ladrão escondia um achado em um templo, um enorme ovo.

— Não pare! — exigiu o homem, agora com sete dedos, ensandecido, com uma explosão de endorfina provida pelos conhecimentos impossíveis que seu cérebro lutava para assimilar.

Assistiu quando dois aviões enormes colidiram contra dois prédios em uma metrópole movimentada, o ferro colidiu contra o ferro, gerando uma explosão. O prédio ruiu em uma nuvem de pedras e poeira, tomando a cidade. O mundo registrando com terror aquilo, monumentos e soldados armados em um deserto com tiros que ecoavam um sentimento de retaliação.

— Por favor, não cesse a visão — pediu, estendendo sua mão "desdedada" para a pedra, uma mão de fumaça a agarrou.

Em sua visão, observou um ovo rachando em uma igreja, um padre e uma freira encontrando a pequena criatura que dali rastejara. A freira segurou a pequena coisa com asas de morcego, como um bebê, enquanto ela lia um livro para ele. Chamava-o de Rouen. Viu uma missa sendo pregada e um casal adentrando o lugar, mostrando um distintivo com o símbolo de um círculo prateado em um fundo preto.

— Mais.

Não tinha mais uma das mãos, estendendo a outra ainda intacta para a escuridão.

Um jovem estava deitado em um quarto escuro enquanto uma figura de um olho só — tinha pele branca como leite, usava trajes azulados como se fosse membro de alguma corte e tinha asas de inseto — o observava na escuridão, dormindo em uma convulsão de pesadelos. O mesmo jovem, agora desperto frente a uma tela iluminada, escrevia algo, e a mesma figura pálida com asas de inseto pairava cochichando em seu ouvido sem ser vista ou ouvida de fato. Na tela, palavras de uma língua que Andrew não conhecia formavam o texto “Rapsódias de fadas negras”.

— Maaaais — clamou a voz sufocada de Andrew enquanto a fumaça saía do buraco com corpo e forma, tragando-lhe o sangue, a vida e a carne de seu pescoço, como uma sombra faminta por vida se alimentando de um homem sedento por conhecimento. — Me mostre o fim!

Um homem e uma mulher compartilhavam um copo de bebida em um lugar barulhento. Um outro homem era arrastado por monstruosidades encapuzadas a uma caverna, um lugar abandonado. Viu a primeira mulher e o primeiro homem nus e de mãos dadas em uma cama em comunhão corpórea voluntária. O segundo homem estava aos berros, amarrado, enquanto uma daquelas bruxas, tal qual Lilith, forçava-se sobre Adão. Assistiu uma esposa dando à luz, dando vida a um bebê. Estava feliz com seu marido, enquanto a criança de cabelos claros chorava em nascimento. Viu quando outra força feminina, dotada de um poder materno maligno, fazia o mesmo em um recinto escuro cercado de suas similares, mas soltando trevas e a morte enquanto trazia ao mundo um terror negro sem face.

Em uma última visão, Andrew testemunhou também quando ele próprio, Andrew Salim, desaparecia deste mundo em carne e sangue para dentro daquela pedra, enquanto o outrora prisioneiro de fumaça se libertava.

SEMENTES DE FUMAÇA E FOGO

No início antes de tudo
Como os homens do fitra eles vieram
Como trovões em um mundo mudo
E ao anima se submeteram

Raios de fogo rejeitados
Pelo saber primordial
Do fogo sem fumaça fadados
A caminhar pelo sal

Alguns escureceram
E até perderam a sua face
Outros até cederam
Servindo aquele que os ajudasse

Sendo temidos ou adorados
Seduzindo homens ao menor contato
Assim os djinns foram separados
E como deuses iniciaram seu mandato.

Canções de bruxas e rapsódias de fadas negras
Capítulo 0: "Dos primogênitos"

PPALKANSAEK

Sangju, província de Gyeongsang do Norte, dinastia Joseon
Atual Coreia do Sul, 1601

Foi em uma data próxima do Dongji, o festival de solstício de inverno, que o dia de Cho-Sung mudou. O jovem era parte dos *naegeumwi*, a guarda real coreana, posto que havia alcançado recentemente após um concurso militar que fora realizado após as Guerras Imjin[15] devido ao desfalque militar que o conflito promovera.

Esse era o primeiro dia de trabalho do jovem Cho-Sung e havia uma certa ansiedade em seu peito, mesmo que seu serviço envolvesse apenas guardar um dos portões externos de Sagju.

Era uma fria manhã, e ele lá estava naquele pequeno portão. Preocupou-se se estava trajado corretamente e caminhou até uma poça d'agua formada pela chuva da noite anterior, na qual contemplou seu rosto de vinte e dois anos. Ainda carente das rugas e emoções da vida adulta, trajava o *jeonbok* vermelho típico de sua divisão; um kimono todo avermelhado do ombro aos pés em cores vibrantes que combinava com o vermelho de seu *gat*, o chapéu que

15. Nome dado ao conflito causado por duas invasões de forças nipônicas entre os anos de 1592 a 1598 com vitória coreana.

estava em ótimo estado. Era um chapéu recém-fabricado, segundo um amigo da tecelagem informara. O tecido de sua lança *dang pa* também era vermelho. Era parte do equipamento essencial de sua posição três peças vermelhas de tons levemente diferentes, mas o deixando destacado na paisagem cinzenta e barrosa que o cercava.

Entre andanças entediadas, olhou novamente a poça de água e atirou nesta uma pedra. A água vibrou e as vibrações distorceram o vermelho de sua imagem. Ele ficou ali vendo a água reverberar e retomar a forma de espelho. Aos poucos, o reflexo foi tomando as formas distorcidas da realidade com duas figuras vermelhas olhando aquela poça.

— Ah! — exclamou em alto e bom tom com a sombra rubra ao seu lado.

Era uma idosa, uma mulher que deveria ter todos os seus anos, mas com a cara terrivelmente enrugada, olhando-o sorridente com sua boca sem dentes.

— Que lindo.

— O q-quê?

— Já disseram que você é bonito, meu jovem? — perguntou a velha estranha, sem tirar seu sorriso do rosto enrugado.

— N-não — disse Cho-Sung, tentando recobrar a seriedade de seu posto.

— Entendo. Já disseram que sua pele é bonita?

Cho-Sung olhou surpreso e incomodado com a presença da idosa aterradora.

— Senhora, não sou vaidoso.

— Ah? Já disseram que sua pele é bonita?

— Andando, senhora.

Tentou se recompor Cho-Sung.

— Me deixe tocá-la — pediu a idosa, esticando sua mão e dedos ósseos em direção à face do jovem.

Ele deu um berro e tratou de espalmar a mão da senhora insistente.

— Fique longe de mim!

— Namore comigo — pediu ela.

Cho-Sung se desequilibrou, pressionou a base de seu kimono com o cabo de sua lança, tropeçou e caiu de costas, mergulhando na poça de água. Ele começou a gritar desesperado, o que atraiu a atenção de outros guardas.

— Ei, o que está acontecendo? — questionou o chefe da guarda e seu superior, que se aproximou por um dos lados com outros dois guardas jovens como Cho-Sung vindo das outras direções para ver o ocorrido.

— Ela me empurrou! — protestou Cho-Sung em defesa.

— Ajudem ele a sair dali. E você, Hyun-Aw, de novo incomodando pessoas? Vou pedir sua expulsão da vila, xamã — vociferou o superior na direção da idosa, que o olhou assustada.

Fechou-se em um abraço solitário e saiu dali em passadas apressadas, da forma que uma velha caquética e senil como ela poderia correr. A dupla de soldados ajudou Cho-Sung a levantar da poça de água. Seu uniforme havia se sujado. O vermelho havia sido tingido com o marrom do barro.

— Olhe para seu estado! Como vai defender a realeza se não consegue se defender de uma velha?

— Perdão, meu senhor. Muito vergonhoso — assumiu ele com a cabeça baixa, ajoelhando-se a seu superior.

— Você vai trabalhar o dia inteiro neste posto. Não vai sair daqui. Se mais pessoas virem seu jeonbook imundo, o que irão pensar da guarda real? Nem pense em aparecer amanhã com sua roupa imunda assim.

— Perdão, senhor, obedecerei às suas ordens.

O superior se retirou e um dos guardas jovens foi com ele, enquanto Cho-Sung não abandonava a posição de prostado.

— Ei, ele já foi — avisou o outro guarda.

Outro recém-formado que ficou ali perto.

— Obrigado.

Levantou-se e admirou com desânimo seu próprio estado.

— Vou trazer um balde de água para você tirar o grosso da sujeira. — O jovem se demorou pouco. — Aqui — disse o outro jovem com um balde para ele.

— Por que está me ajudando?

— Você não lembra de mim, não é? Ahn Hak-ju é meu nome. Você me ajudou um dia me informando onde eu devia me inscrever para prestar o concurso.

— Isso faz muito tempo.

— É, mas ainda lembro de você. Eu teria perdido a hora e o cargo não fosse sua ajuda. Bem, vou voltar a meu posto antes que sobre para mim.

— Espere, Ahn Hak-ju. Conhece aquela velha? Não sou daqui.

— Também não sou, mas já ouvi falar dela. Hyun-Aw é alvo de fofocas constantes. Ela é uma *mudang*[16] que ficou senil e louca após o marido abandoná-la quando já estava velha. Ela parou de prestar serviços, porém volta e meia o pessoal a vê realizando rituais sozinha sem clientes.

— Foi abandonada pelo marido?

— Sim. Ela deu em cima de você também? — Cho-Sung respondeu à pergunta com uma afirmação muda com a cabeça. — Entendo. Ela já foi diversas vezes acusada de assédio por homens de Sangju. Ouvi falar que desde a infância foi tímida e feia e só

16. Xamã mulher das religiões tradicionais coreanas.

arranjou um marido por casamento arranjado. Daí sei lá o que deu nela quando o marido a largou. Não expulsaram ela oficialmente pelos papéis prestativos que teve em décadas passadas para a vila, mas acho que os eunucos têm medo das consequências de se exilar uma *mudang*. Bem, vou indo.

— Espere. O que faço se ela voltar?

— Não sei. Tenta evitar sair daqui para as áreas mais habitadas. Sujo assim, se alguém ver e a fofoca correr solta, você pode perder seu cargo logo no primeiro dia.

O jovem se retirou, deixando o outro sozinho em seu posto. Cho-Sung olhou para seu estado, estendeu os braços para cima em protesto silencioso e baixou a cabeça desanimado com sua falta de sorte.

Antes só do que acompanhado por Hyun-Aw.

Os dias de serviço continuaram, e ele passou a ter de ficar naquele posto. Seu uniforme estava limpo e vez ou outra uma pessoa ou outra passava por ali. A movimentação, mesmo da natureza, era pouca, mas ainda presente. Felizmente não houve maior sinal da velha. Naquele dia, poderia sair mais cedo de seu posto por conta de algum evento do qual não tinha total noção, mas ele e outros jovens teriam o dia livre para curtir uma festividade pequena do dia e deveriam trabalhar no dia do Festival Dongji por período integral.

Estava no início das festividades do solstício de inverno. Era claro ainda quando suas atividades militares foram encerradas, e ele pôde desfrutar um pouco de seu dia e tarde. Cho-Sung aproveitou para comer algumas iguarias, como um estufado de Kimchi, que era uma espécie de sopa com legumes e frutos do mar com *gochujang*, um condimento rubro e ardido, um pouco deste pingou em seu uniforme vermelho sem se destacar por serem da mesma cor.

— Nossos uniformes combinam, não é? — perguntou uma voz áspera e estranhamente familiar ao jovem.

Era a velha Hyun-Aw, agora trajada com o típico kimono de *mudangs*, sendo o seu da cor vermelha.

— Ah, você! — exclamou Cho-Sung, assustado com a velha decrépita.

— Oh, também não me esqueci de você, meu amor.

— Fique longe de mim! — ordenou ele enquanto corria para longe da multidão e da idosa persistente, de volta à sua residência.

Sem poder comer em paz, aproveitou ainda a claridade do fim de tarde para passear por um bosque. Tinha de tentar relaxar. A velha persistente o deixava tremendamente incomodado e desconfortável. Para toda vida, o jovem conseguiu uma licença para caçar nos territórios próximos e foi ao passeio com um arco e flecha e com uma faca.

A região montanhosa tinha alguns cervos e lebres, felizmente não havia tigres nas proximidades, o que tornaria o passeio mais perigoso. Avistou alguns cervos e arriscou flechadas nestes, sem sorte. Quando já escurecia, vislumbrou à sua volta uma lebre, mas não teve sorte também com esta.

— Eu posso tentar ajudá-lo com essas lebres se quiser — comentou aquela voz que lhe trazia calafrios.

Era a persiste velha.

— Você de novo, Hyun-Aw!?

— Então já até aprendeu meu nome? Não quer que eu leia sua sorte no amor?

— Não quero saber de amor — disse, afastando-se da velha, que insistia em andar na sua direção e insistia em tentar tocar nele.

— Ora, não seja egoísta. Compartilhe um pouco de seu amor comigo — berrou ela quando correu com uma agilidade nada envelhecida para cima dele.

— Não. Sai de mim!

A velha se agarrou a ele e os dois rolaram nas folhas secas do chão até ela parar acima dele.

— Ora, me deixe estar na sua pele. Não seja tímido — implorou a velha, babando sobre o rapaz.

— Não, por favor. Não!

Lutava com nojo e repulsa daquela figura, mas, por alguma magia de xamã, além de velocidade, ela também possuía a força de alguém mais jovem. Lutou para se aproximar mais dele. O jovem fechou os olhos de asco enquanto, com um braço dobrado, ele a mantinha um pouco longe. Com a outra mão, tentou agarrar qualquer coisa. Algo foi pego e direcionado contra a velha para tirá-la de cima dele; era sua faca de caça.

O rapaz sentiu o momento que a lâmina atravessou a garganta da idosa, que começou a sangrar sobre ele em jatos o líquido quente. Seu uniforme vermelho recebeu um novo tom daquela cor, um vermelho sangue. O jovem se afastou, arrastando-se para trás enquanto a velha xamã permanecia no mesmo lugar, soltando sangue pela ferida aberta em seu pescoço.

— Desculpe, desculpe, desculpe, desculpe! — exclamava nervosamente.

A velha, ainda em movimentos erráticos, retirou a faca do pescoço e deixou o sangue sair de forma violenta. O jovem teve tempo de vê-la olhá-lo de volta e falar alguma coisa, mexendo os lábios. O sangue foi saindo, formando uma poça enquanto ela morria.

O jovem retornou à vila. Estava manchado de sangue, mas a cor de seu kimono ajudou a disfarçar. Retornou para casa o quanto antes, pensou em prestar queixa, em citar o ocorrido, mas ficou temeroso em sua condenação. Lembrou-se das palavras de Ahn Hak-ju sobre ter cuidado para não perder seu cargo, e de como aquela xamã velha era respeitada pela vila em épocas passadas. Ele não sabia se o testemunho de diferentes pessoas sobre o comportamento errático da velha o salvaria.

Pensou no corpo dela na poça de sangue. Foi muito longe da vila e das estradas. Talvez, se demorassem a achar o corpo dela, animais selvagens, um tigre talvez, sumisse com o corpo. Se alguém disser que o viu chegar correndo, poderia contar a verdade de forma parcial. Informar que a velha o atacara na floresta e que correra dela. O fim que ela tivera? Algum animal selvagem atacara a velha na floresta e dera conta dela. Ponderou tudo isso enquanto se livrava do sangue em sua roupa e faca. Contou as flechas. Havia duas a menos, justamente a que errou contra o cervo e contra o coelho, aparentemente tudo daria certo.

A manhã se seguiu normalmente. Utilizou outro *jeonbok*, já que o da noite anterior ainda estava secando. Foi um dia de serviço normal. Plantou guarda naquele lugar e nada mudou. À noite dormiu bem. Precisava descansar nesses dias, pois no Festival Dongji faria turno dobrado. Durante a noite sonhou com a velha na poça de sangue, cercada pela poça, olhando-o com a face rubra de sangue e falando algo. Sua leitura labial instintiva captou alguns fragmentos de palavras...

San... lho... E a velha sorriu para ele.

Cho-Sung acordou assustado, suando gelado. Todo seu corpo estava frio. O único calor que sentiu foi abaixo de seu nariz. Pôs a mão e, ao examiná-la, viu que era sangue. Lavou-se e se aprontou para mais um dia de serviço. Outro dia normal, sem velha nem nada.

À noite tentou dormir e teve mais um pesadelo. Novamente a velha caída na poça de seu próprio sangue recitando palavras misteriosas e fragmentos eram captados por ele...

Gue... me...

A velha disse as palavras emudecidas pelas brumas oníricas e se arrastou para fora da poça como uma aranha. Arrastou-se de forma vagarosa, saindo da poça e deixando um leve rastro nas folhas secas. Cho-Sung acordou com terror e susto. Estava suando. Sentia um frio como se estivesse com febre, e calor abaixo do nariz se fez presente mais uma vez, formando um bigode de sangue.

Notou durante o dia de serviço que fora relativamente normal, mas que estava se sentindo cansado. Estava com olheiras. As pessoas que passaram por ele o perguntavam se se sentia bem, pois a aparência não era das melhores. O rapaz tomou alguns chás antes de dormir, enfiou os dedos nas narinas para conferir se havia algum machucado interno que provocasse a hemorragia, mas não havia nada. Por via das dúvidas, colocou pedaços de papel tampando suas narinas, o que o fez dormir de boca aberta.

Teve dificuldades de pegar no sono por conta disso. À noite acordou brevemente e olhou o teto escuro. Era um tanto complicado de dormir com o incômodo do papel. Coçou seu rosto e continuou olhando o teto tentando dormir. A mão novamente foi ao rosto, dessa vez alisando a pele, no entanto as mãos de Cho-Sung se encontravam ao lado do corpo.

Levantou-se em um salto. Havia sentido a mão enrugada da velha em seu rosto.

Havia sido um pesadelo.

Estava ficando cada vez mais perturbado com o ocorrido. Seu subconsciente não conseguia descansar. Após o serviço, iria até o corpo da senhora. Não tinha um plano, apenas pensou em ir até lá. Pela manhã a situação se agravou, no entanto. Ele acordou novamente com frio e dessa vez havia gosto de sangue em sua boca. Suas gengivas sangraram como se fosse uma gangrena.

Uma marca de mão ensanguentada estava sobre sua face. A voz da velha feia pedindo para sentir a pele dele ecoou em sua mente; ela havia o amaldiçoado de alguma forma.

— Ahn Hak-ju? Ahn Hak-ju! — chamou pelo seu colega durante o expediente, indo até a área em que seu amigo trabalhava.

— Nossa, que cara é essa? Você está horrível.

— Cara, você sabe quem é a *mudang* atual de Sangju? Sabe como eu poderia entrar em contato com ela?

— Isso dificilmente vai ser possível, Cho-Sung. Todas as *mudangs* e *baksus*[17] estão realizando pedidos especiais nesses dias por conta dos festivais de solstícios. São todos muito requisitados. Há uma fila para cada um. Nossa, você está com cara de doente. Melhor ir a um curandeiro.

— Sabe onde posso encontrar alguém que entenda desses rituais? Estou querendo fazer uma pesquisa.

— Olhe, existe alguns manuscritos disponíveis para a gente, que contêm estudos ritualísticos, mas é o máximo que consigo pensar. Tente ver no almoxarifado.

Era o fim do período de serviço quando foi colocar seu plano A em prática. Resolveu, assim que saiu do serviço, ir até o lugar em que o corpo da velha Hyun-Aw deveria estar. Era longe, então teve de se apressar antes que escurecesse. Houve um pouco de dúvida a respeito do lugar, contudo logo o achou. Ficou surpreso ao encontrar apenas a poça de sangue, sem corpo.

No início pensou que algum animal selvagem talvez tivesse a comido, todavia não havia vestígio da carcaça, nem marcas de que fora arrastado dali; o sangue estava todo contido naquela poça e não havia diminuído. Seria impossível alguém sobreviver a uma facada no pescoço e a perda de todo aquele sangue, ainda mais uma idosa como ela.

— Namore comigo, por favor — pediu o reflexo de Hyun-Aw na poça de sangue para Cho-Sung, este viu a senhora ainda sorridente com seu afeto sem-vergonha e repulsivo.

Ele soltou um berro assustado, que ecoou pela floresta, e saiu correndo sem olhar para trás. Saiu em disparada para sua residência.

À noite tentou dormir, no entanto estava muito pior. Checou várias vezes as portas de sua residência, examinou o reflexo em um

17. O masculino de *mudang*, sendo um homem xamã. Também havia outros termos como *tangol*, usado de forma unissex para xamãs hereditários.

balde de água, estava cada vez mais doente. Pior que isso, estava amaldiçoado. Quando se deitou, ao se virar para o lado rapidamente, seus olhos contemplaram a figura do espectro vermelho no corredor o olhando. Ele deu um salto com um grito, mas, ao observar melhor, constatou que era apenas seu uniforme. Moveu a peça de lugar para longe, evitando alucinações.

Sua infelicidade o acompanhava nos pesadelos incessantes também. A maldição noturna de cada noite o perseguiu sem parar e não era agora que iria ser diferente. Dessa vez seu pesadelo o levou novamente à poça rubra no meio da floresta, tão podre que por isso não atraía animais selvagens.

— Me deixe sentir sua pele — pediu a idosa naquele pesadelo.

E uma mão vermelha saltou da poça.

Novamente um pesadelo, e novamente suas feições sangraram, não era apenas as suas narinas e a boca, agora um de seus olhos começou a soltar lágrimas de sangue também. Sentia fadiga, fraqueza e uma falta de ar fora do normal pela manhã. Era seu dia de folga e esta seria sua oportunidade de checar os documentos com informação a respeito de rituais. Ele teria de fazer por conta própria na ausência de alguém capacitado. Quando arrumava suas coisas, teve a impressão de ter avistado o rosto ensanguentado dela sorrindo para ele. Em susto contemplou a mesma área da casa e viu que era o seu uniforme. Fora uma ilusão causada pelo vermelho do *jeonbok*.

No almoxarifado da cidade, procurou entre os documentos qualquer coisa ligada a rituais antigos. Pediu a ajuda dos funcionários do lugar, que trouxeram vários pergaminhos antigos. Achou um muito velho e lacerado com letras que identificou como 빨강혈액[18], era algum ritual, mas o documento era antigo demais e não era possível lê-lo corretamente. Quando perguntou

18. Lê-se "ppalganghyeol-aeg", que pode ser traduzido como "sangue vermelho".

a um dos funcionários se ele sabia algo do tipo ou se havia uma cópia, o mesmo negou.

As buscas dele por qualquer coisa relacionada à cor vermelha o levaram a outro documento, um manuscrito de tradições envolvendo o *patjuk*, um tipo de congee[19] relativamente comum em algumas regiões. Era consumido na época do solstício para afastar má sorte, espíritos ruins e doenças; feito com feijões vermelhos e arroz.

Sem alternativas, leu o que podia e se pôs a preparar o que havia de ritual. Era sua única saída. Preparou o *patjuk*. Feijões vermelhos eram facilmente encontrados já que outras pessoas também realizavam tal ritual naquela época do ano. O prato era feito de feijões vermelhos cozidos em água quente, que depois eram macetados e coados. A pele dos feijões era jogada fora e estes ficavam em descanso até a água se separar deles, água esta que era utilizada no cozimento do arroz. Após outros detalhes, o prato foi preparado e Cho-Sung se alimentou. Também usou o alimento nas paredes da residência e deixou alguns recipientes com *patjuk* nos cômodos da casa.

Pela primeira vez, não teve pesadelos. Sua noite foi agradável. Não havia sangue saindo de suas feições. Sentia-se ótimo. Agora era o dia do Festival Dongji e de seu turno estendido. Trabalhou como nunca jamais trabalhara. Não teve pormenores, não teve alucinações com a velha, sentiu-se um profissional das artes místicas e sentiu orgulho de si mesmo.

À noite, chegou em casa cansado, afinal realizara um turno dobrado, e se deitou para dormir. Abriu os olhos sentindo a face vermelha de Hyun-Aw indo em direção à sua, metendo a boca desdentada e enrugada dela contra a sua boca em um beijo nojento e repulsivo com gosto amargo.

19. Prato originário da China, basicamente uma papa de arroz com carne e legumes opcionais.

O jovem despertou berrando e assustado. Estava sentindo o gosto da ferrugem, mas estava sozinho em sua casa. Pegou um balde para jogar água nos olhos e viu sua boca manchada com sangue. Era a marca do beijo maligno do espírito da velha.

Novamente, Cho-Sung estava adoecido, dessa vez tremia de medo no serviço. Em seu subconsciente agradecia por ser guarda de um posto com pouca travessia de moradores. Ninguém passara ali naquele dia, muitos deviam ainda estar inebriados das festividades. Um pedaço de si tinha medo de tudo ser uma alucinação gigante e de não haver mais ninguém além dele ali.

À noite, em sua cabana, preparou o máximo de *patjuk* que pôde. Queria dormir, queria ficar bem. Ele não fizera nada de errado, nada para merecer aquele tormento. A morte de Hyun-Aw fora um acidente causado por ela. Ele também não tinha o dever de ceder às investidas daquela senhora.

O jovem comeu *patjuk*, pintou suas paredes, deixou por toda a casa. A insônia o atacou e não conseguiu se deitar. Teve medo de ter pesadelos, mesmo com a proteção do ritual que outrora o protegera. Ficou com o restante da tigela de *patjuk* em mãos, comendo aos poucos, sentado encostado em uma parede de forma sonolenta, levando os hashis à boca de forma cada vez mais vagarosa pelo sono. O gosto doce do *patjuk* o acompanhava até as fronteiras do sono e da insônia, então ele sentiu um gosto diferente, um gosto ferroso. Assustou-se e quando despertou contemplou com horror. Sua tigela tinha dedos rubros e enrugados boiando lá dentro.

Atirou-a no chão e, tão logo o fez, vomitou. Sentiu algo sólido demais em sua boca e garganta. Eram dedos enrugados e completamente vermelhos; estavam no chão agora.

Cho-Sung acendeu uma lamparina e gritou de pavor. As paredes estavam todas vermelhas, assim como a casa. Era o vermelho do *patjuk* ou vermelho sangue? Não conseguia diferenciar mais as duas coisas, realidade e pesadelo agora se tornaram um. Notou uma movimentação em uma das paredes de sangue, achou que estava vendo um desenho de um rosto nas variações de tons de vermelho em uma das paredes, os olhos piscaram e se aproximaram.

— Me deixe sentir sua pele — pediu a voz podre de Hyun-Aw na parede.

Seu corpo começou a se projetar nu da parede, saindo de lá como se saísse de dentro de um rio ou de uma poça com filetes de aspecto paposo, acompanhando a saída do corpo da parede; como se fosse um objeto saindo de uma boca acompanhado por fios de saliva.

— Oh, eu também não me esqueci de você, meu amor — disse a voz em outro canto, e outra aparição de Hyun-Aw começou a sair dali. Era nojento por todos os motivos, tanto pelo sangue quanto por citações sexuais depravadas.

— Você é lindo.

— Me deixe tocá-lo.

— Não recuse o meu amor!

Diziam as diferentes aparições, várias Hyun-Aw, várias velhas nuas cheias de sangue saindo das paredes.

Cho-Sung, tomado de horror e pavor, saiu de sua casa correndo com a lamparina noite afora. Correu para a floresta, para a escuridão, chorando de medo. Não sabia o que fazer, mas queria distância daquela coisa decrépita e asquerosa. Seguiu até não ter mais energia alguma, até lhe faltar oxigênio, até perder a noção de para onde ia e de onde vinha. Encontrou um lago, estava gelada a água, porém pôde aproximar a lamparina. Olhando seu rosto cansado no reflexo, jogou um tanto de água no rosto, bebeu um pouco e tentou se recompor.

Não sabia onde estava, apenas que estava em um lago. Deitou-se ali mesmo no frio, no mato, perto do lago, e se deixou vencer pelo cansaço. No entanto, não havia descanso do mal, não quando sentiu um forte cheiro traumático já associado à velha. Isso o despertou. Ainda de noite, contemplou com horror as águas se tornarem vermelhas como o sangue; e uma aparição gigantesca e surreal da velha mística nua saindo da água da cintura para baixo.

— Deixe eu sentir um pouco de você, querido! — berrou, esticando a mão enorme para tentar capturá-lo.

Aquilo não tinha fim, não tinha paz. Ele correu mais uma vez com a lamparina rumo à escuridão da floresta sem destino. Tropeçou em uma pedra em uma descida e capotou. Sua lamparina voou para o alto, e Cho-Sung caiu de cara em outro lago talvez. Sentiu o molhado no rosto, e a lamparina caiu e quebrou nas proximidades, ateando fogo no mato.

Cho-Sung se levantou enojado. Havia reencontrado o lugar no qual a megera pervertida havia morrido e havia se besuntado agora no sangue dela para seu nojo quando tropeçou e caiu. As chamas começaram a se espalhar, e ele tentou apagá-las pisando nestas. Apagou a maior parte. Quando parou e observou a poça de sangue novamente na claridade do fogo crepitante restante, contemplou a face de Hyun-Aw.

Saía dessa vez de sua própria bochecha, olhos, nariz e boca sem dentes enrugados, projetando-se, não apenas no reflexo, mas na sua própria carne. Cho-Sung sentia um segundo rosto ali, um rosto enrugado e idoso saindo do seu novo e liso, como uma verruga maligna, dando duas faces a uma mesma cabeça.

— Que pele gostosa a sua, amor — proferiu e riu.

Ele chorou em um pranto desesperado ao testemunhar o rosto de Hyun-Aw se manifestando na lateral de seu próprio rosto.

Pela manhã, vários homens foram mobilizados, assim como moradores, para dar fim às chamas que tomaram conta do matagal. Foi o trabalho de um dia inteiro. A causa do incêndio fora uma lamparina quebrada sem dono. Nada havia no lugar além de uma poça de sangue. Todos os militares foram convocados, somente Cho-Sung não dera as caras naquele dia de serviço. Ele faltou o próximo também e nisso seu superior foi acompanhado de um fiscal e de Ahn Hak-ju até sua residência para multá-lo. No entanto, a proximidade revelou no ar um cheiro podre e forte.

Ahn Hak-ju bateu à porta da casa do colega, mas ninguém veio. O fiscal, um homem magro, pequeno e de gênio nervoso, bateu dessa vez e contemplou apenas o silêncio como resposta.

— Você, arrombe e arraste seu colega para fora — ordenou o fiscal sem se dar o trabalho de aprender o nome de Ahn Hak-ju.

Seu superior consentiu com menor rigidez do que o pequeno fiscal. Ahn Hak-ju assim o fez e adentrou a casa. O mesmo, após breves segundos de silêncio, emitiu um berro ensurdecedor. O fiscal e o superior a princípio se mantiveram do lado de fora, Ahn Hak-ju voltou pálido com os olhos arregalados repetindo apenas uma palavra em choque:

— Vermelho, vermelho![20]

Dentro da cabana foi o espanto e horror de seu superior e do fiscal, este que partiu em fuga aos berros.

Todo o interior da cabana estava vermelho, mas não o vermelho dos uniformes dos guardas ou do *patjuk*, era o vermelho sangue. Todas as paredes, o chão e até o teto. No meio do cômodo, encontrava-se o cadáver do jovem Cho-Sung e da velha decrépita Hyun-Aw abraçados nus, cheios de sangue, com um sorriso desdentado de prazer no rosto desta.

20. "Ppalkansaek", vermelho em coreano.

AMOR

Afeto em forma positiva pode se tornar uma âncora de ira
Na vida, um sentimento forte, na morte, serve ao ódio como aporte

Âncora emocional utilizada para o mal
Prende espíritos ao local e às vezes a algo pessoal

Antes o calor da batida de um coração
Agora o recipiente de sua maldição

Assim, condenados vivos se condenam
E suas penadas almas para sempre penam

Canções de bruxas e rapsódias de fadas negras
Capítulo 14: "Dos fantasmas e suas emoções e âncoras"

OS SEIS CAMINHOS DO YOKAÍSMO

Eniwa, Hokkaido, Japão, 1872

I

Aconteceu muitos anos atrás, em uma época em que *youkais* e outras criaturas de cunhos místicos eram mais presentes, quando o véu que as impedia de serem vistas era mais fino. Era noite do *Hyakki Yagyō,* ou Desfile Noturno dos Cem Demônios, uma erupção do sobrenatural ao nosso mundo no território em que hoje é o Japão, criando um período no qual todas as criaturas ficavam mais à vontade e menos tímidas à presença humana. Era, não por coincidência, um período em que o véu ficava mais fino que o habitual do restante do ano.

— Quando você terminar seus estudos atuais, irei formalizar o aprendizado dos seis caminhos do Budismo, o Samsara — comentou o mestre ao discípulo enquanto avançavam pela estrada ao pôr do sol. — Quais são os seis caminhos, Nobuo?

— Ah... dos homens, Deus, Devas... Hum... Fome, preguiça...

— Errado! — interrompeu bruscamente seu discípulo. — Caminho dos Deuses, Humanos, Asuras, Animais, Famintos e Inferno — respondeu o ancião com firmeza. — Todos devemos passar por cada estágio em nossas vidas. Assim determina o karma.

— Quem é karma, mestre? — perguntou o discípulo em sua inocência.

— Não é *quem*, mas o *que*, Nobuo. Karma são as suas ações e intenções. Todas elas voltam a você alguma hora. Boas ações o jogam na próxima vida em um mundo bom no qual a indisciplina o fará ir para um mundo ruim na próxima vida.

— Até quando isso? Qual é o primeiro e qual é o último mundo?

— Não tem primeiro ou último, Nobuo. Esse ciclo só acaba quando você se liberta de seus desejos, de suas ambições, de suas...

— *Youkais* passam por esses caminhos, mestre? — interrompeu o discípulo sem querer faltar respeito, mas tomado de curiosidade.

O mestre parou diante da pergunta. Olhou pensativo para o nada, não havia parado para pensar nisso até então. O jovem lhe trouxe uma dúvida ainda inédita.

— Terei de pensar nisso. Não tenho a resposta... ainda... — admitiu sua ignorância. — Depois de comermos, vou pensar a respeito.

A dupla se aproximou de uma divisão da trilha, esta que se dividia em três. O mestre olhou atentamente, viu o sol se pondo no horizonte com as luzes sumindo da vista. Olhou depois entre um punhado de pedras para uma estátua Jizo[21] na estrada.

— Por aqui. — Apressou ele. — Não é um bom dia para se ficar fora depois do sol.

E seguiram a estrada, discípulo atrás de mestre.

21. Um *bodisatva* ou ser iluminado do budismo. Jizo é um *bodisatva* nipônico tido como protetor dos viajantes e das crianças.

O sol se pôs e com ele seus raios. O pedregulho no formato da pequena divindade começou a vibrar tão logo as luzes do sol deram lugar às sombras. Pedra se tornou carne e pelos, dando forma à diminuta e rechonchuda figura de um animal similar a um guaxinim, mas em duas patas, gordo e com um notável saco se arrastando no chão; além de uma folha em sua cabeça.

— Finalmente!

Espreguiçou-se a criatura, dando boas-vindas ao início da noite. Coçou seu corpo rechonchudo, incluindo seu obsceno órgão visível e impossível de ser coberto que se arrastava no chão enquanto o mesmo se deslocava.

— Ei, já é hora! — gritou o tanuki, antes de atirar uma pedra contra um determinado ponto do rio.

O objeto voou e caiu em um ponto chave, no qual a criatura mirava com seus olhos. Não houve maior reação a princípio, mas algo vinha até ele pela estrada, e o tanuki jazia ali distraído, como um animal indefeso, prestes a ser abatido por algo que o via sem ele o observar de volta. A tempo, ele o fitou e deu um berro fino e curto, mas alto o suficiente para ecoar pelas proximidades, espantando os pássaros. Uma coisa avançou sobre ele de quatro com a face encoberta por um chapéu *sugegasa*. A movimentação dela se encerrou de encontro ao tanuki, quando o chapéu se ergueu, revelando... uma bunda.

— Que susto, seu tapado.

— Aposto que pensou que fosse uma raposa, não é? — disse a coisa, rindo.

E por coisa me refiro a um shirime, um tipo um tanto vulgar comparado a outros youkais. De fato, mesmo o tanuki, com seu escroto exposto, seria um monge se comparado ao shirime, que detinha uma forma similar à de um homem; só que cinza, pelado, careca, sem pelos, de quatro e com um único olho, não na cara, mas no ânus.

Ele se deslocava de quatro, fazendo das pernas traseiras suas pernas frontais e das mãos suas pernas traseiras. Enxergava com a bunda, porém a boca se localizava na cabeça, que não detinha outros olhos ou nariz. Carregava com um barbante o seu *sugegasa* sobre a bunda como seu fosse sua cabeça.

— Se fosse uma raposa era ela que não ia me ver chegar — afirmou o tanuki sem medo.

— Sei. Cadê o outro? Não acordou ainda?

— Ele é o mais demorado. Calma.

Atirou uma nova pedra no rio e com isso algo se ergueu das profundezas. Um ser de pele escamosa, esverdeada, magro, mas com uma pequena pança. Era mais alto que seus colegas, possuía um casco similar ao de uma tartaruga e um bico como o de uma ave. Além de um buraco na cabeça, este cheio de água. Seu cabelo era como algas marinhas delineando um desenho de cuia na cabeça, como um corte de cabelo típico de crianças da época. Usava uma saia, e algas adornavam sua cintura. A coisa se levantou espreguiçando-se.

— Vamos, kappa. Temos de aproveitar cada segundo de escuridão — disse o shirime no tom mais rude que pôde.

— Já estou pronto — afirmou o kappa com lerdeza enquanto saía da água, coçando seu casco.

— Você não leva jeito também. Vamos que estou com pressa.

O trio de criaturas começou a andar pela estrada em um bate-papo para aproveitar a noite do ano na qual *youkais* melhores podiam tirar proveito dos homens, assim caíam na estrada um tanuki, um shirime e um kappa.

II

A primeira parada do trio se deu em uma barraca, um comércio ambulante, possível fonte de comes e bebes para o trio.

— Aí, vamos arrumar um saquê para nós — afirmou com excitação o tanuki, fazendo o trio avançar com certa animação para a barraca.

— Ô de casa? — chamou o shirime.

Uma criatura de kimono estava do lado de dentro da barraca. Era peluda, tinha um focinho comprido, mas se vestia como um homem.

— Inugami? — disse o kappa, referindo-se a um *youkai* com cara de cachorro, mas de corpo humanoide.

— Chegamos primeiro, sinto muito — disse a criatura meio cachorro.

— Chegamos? Você e quem? — questionou o shirime.

— Ele e nós.

O shirime ouviu a voz falar com ele quando sentiu um peso sobre seu chapéu, algo caiu sobre ele. Era um gato falante que andava em duas patas, um bakeneko.

— Sinto muito, mas vocês chegaram atrasados. Assustamos um humano que cuidava disso aqui e eu possuí o outro — informou o inugami.

— Não é errado um *youkai* gato e um *youkai* cachorro andarem juntos?

Deu de ombros o kappa, sendo ignorado pela maioria.

— Poxa, chefe, me vê um saquê aí. Deve ter alguma coisa — negociou o tanuki, colocando algumas folhas sobre o balcão, imitando dinheiro.

— A casa está fechada. Seu dinheiro não é aceito aqui, guaxinim. Vão ver na próxima vila.

— Calma lá, vai deixar compatriotas *youkais* caminharem até lá de boca seca? Toda essa caminhada vai fazer mal para minha saúde.

— E eu lá me preocupo com sua saúde? — replicou o inugami, sarcástico.

— Qual é! Onde está seu espírito de equipe? — questionou o tanuki.

— Bom, até poderia servir um pouco de licor para vocês, mas meu amigo ali não se sente muito tentado a colaborar com essa ideia.

O trio de *youkais*, ou melhor, o quinteto, incluindo o inugami e o bakeneko, este ainda deitado no chapéu do shirime, observou no canto, encostado em um árvore de forma séria, um *youkai* que se encontrava com uma garrafa de saquê maior que ele mesmo entre suas quatro patas. Ele parecia uma mistura entre samurai com um passado de mortes com um *yakuza* de passado igualmente inóspito com uma doninha de tapa-olho e unhas mais compridas que o normal

— Compatriotas *youkais*, é? — questionou o pequeno animal. Seu olhar era sério, e sua voz também. — Somos amigos até que a bebida ou comida nos separe.

— Ora, vocês têm o bastante para dividir com a gente. Dê um pouquinho aí — exigiu o tanuki, causando um olhar sério e petrificante por parte do kamaitachi, que lhe gelou a alma; se é que tinha uma. — Por favor? — pediu com a educação e medo renovados.

O kamaitachi deu uma golada na garrafa que tinha consigo, depositou-a sobre a grama sem soltá-la e deu uma boa olhada no trio de intrusos que atrapalhavam a sua noite.

— Nós chegamos primeiro. Se vocês tivessem chegado, eu respeitaria, mas não é assim que as coisas funcionam.

— Não tem nenhum favor que poderíamos fazer para você nos dar nem que seja uma garrafa? — perguntou o kappa.

— Hum... Vamos fazer o seguinte, vou dar uma chance a cada um de vocês para me convencerem a ceder bebida. Deem o seu melhor, porém não me irritem e sejam breves.

— Vou gostar de ver isso de camarote — falou a bakeneko, saltando do chapéu de palha para o telhado da barraca de saquê.

O inugami pareceu interessado em ver o desenrolar da história daquele trio, e o primeiro a tentar era o mais alcoólatra deles, obviamente o tanuki.

— Olhe, se você nos entregar uma garrafa dessas, não iremos incomodá-lo mais, senhor kamaitachi. E mais, se você aceitar nossa proposta, iremos nessa estrada e viagem espalhar para todos os *youkais* o quanto você é um *youkai* honrado e respeitoso, que não deixa um compatriota passar necessidades ou sede. — Ao dizer isso, o tanuki colocou uma folha em sua cabeça e em um breve estouro de fumaça se transformou em uma garrafa gigante de saquê vazia.

— O mundo *youkai* saberá o quão boa-pinta o senhor é.

— O mundo *youkai*, é? E o que ganho com isso? Mais tanukis alcoólatras na minha cola me pedindo bebida ou outros *youkais*? Esqueça. Menos uma oportunidade para vocês. Mal suporto a companhia daqueles dois ali — disse, referindo-se aos *youkais* felino e canídeo que administravam as bebidas, que replicaram com sorrisos amarelos para seu chefe.

— Sua vez, kappa.

— E se fizermos o contrário, contarmos aos outros que você é uma figura tenebrosa e que não gosta da companhia de terceiros? Que não cedeu nem aceitou compartilhar saquê ou comida e que ainda nos ameaçou?

— Hum. Vejo quem é o cérebro da equipe. — O *youkai* pareceu realmente surpreso com a proposta. — Se saiu melhor, mas por ora não trouxe nenhuma novidade sobre mim. Ainda assim, vou contar um ponto a favor de vocês.

— Aí, kappa!

Tanuki deu batidinhas em tom de camaradagem no casco do companheiro.

— Só restou você. Não lembro o que você é. Me desculpe — falou com surpreendente cortesia ao shirime.

— Vá, shirime!

O tanuki se transformou em um tambor com duas baquetas que se batiam sozinhas.

— Seguinte, não desculpo, não. Você fica regulando esse saquê aí. Quem pensa que é? Onde está seu orgulho *youkai*? Somos nós contra os humanos, e não *youkais* contra *youkais*, irmão contra irmão! — o shirime disse enquanto batia furiosamente um de seus pés contra o chão de terra. — Se fosse eu no seu lugar, já estava repartindo essa bebida a rodo e ainda seguindo adiante e entregando, buscando mais bebida. Com essas lâminas de unha aí, eu ia tocar o terror nos humanos.

O shirime mal terminou sua fala quando um vento forte e cortante fatiou seu chapéu de palha, cortando-o no meio, deixando espaço ainda para ocorrer um arranhão sobre a cabeça de bunda, o que fez o olho no ânus soltar uma lágrima de dor. O kamaitachi estava com sua unha de formato curvo de foice virada para o shirime em tom de ameaça com uma forte expressão de ódio, causando um temor não apenas em shirime, que foi cortado, como também no kappa e no tanuki.

— Orgulho *youkai*? A única coisa que odeio mais que alguém me dar ordens é alguém apelar para ideias fajutas como essa para tentar me tirar algo. Esqueça a droga do álcool, seu *youkai* bunda. Coloquem-se na estrada de patas vazias. Jamais contem a alguém que deixei vocês gastarem meu tempo com essa conversa mole ou irei fatiar o bago do tanuki e furar esse olho da bunda do shirime. Quando sentirem sede nesta noite, lembre-se da ousadia dele.

A ameaça concentrada de ódio do kamaitachi deu certo e o trio de criaturas se pôs a correr, uma delas agora sem chapéu de palha e com um pequeno corte acima da sua cabeça de bunda. Nem o inugami, nem o bakeneko, nem o kamaitachi repararam quando uma das garrafas foi furtada por um youkai de mente simplória no formato de um guarda-chuva, que levantou voo levando a garrafa.

— Que furada você fez, seu estúpido. E arruinou minha chance de conseguir álcool! — berrou o tanuki para o shirime.

— Cara, o que você está falando? Eu cortei meu rego, veja. — Apontou a criatura cinzenta com o dedão do pé para o corte entre as nádegas enquanto o único olho vertia lágrimas. — E ainda perdi meu chapéu.

— Dane-se seu chapéu! Eu quero meu saquê!

Enquanto dizia isso, o kappa realizou um cumprimento formal, deixando um pouco de água do furo em sua cabeça verter para a ferida do shirime para apaziguar o machucado. Nenhum dos três, porém, notou quando algo veio flutuando na direção deles, e uma garrafa de saquê caiu no meio do trio de *youkais*.

— Olhe! Saquê!

O tanuki agarrou a garrafa, desesperado, com braços e pernas, e tratou de tirar sua rolha e iniciar a bebedeira.

— Mas de onde veio isso? — perguntou o kappa com seu ar tranquilo, quando reparou acima deles o que parecia ser uma sombrinha ou guarda-chuva aberto, sobrevoando-os.

No lugar de um cabo havia um pé magro de madeira, porém no formato de pé humano com uma sandalha *getta*. A coisa desceu mais, deixando à mostra seu único olho como o do shirime, pequenos bracinhos de lado e uma boca sorridente com uma língua visível; era outro espécime de *youkai*.

— Ora, obrigado, kasa-obake — agradeceu o tanuki.

— Quem é esse daí? — questionou o shirime.

— O quê? E você ainda fala de compatriotíssimo *youkai*? Kasa-obakes são comuns pra caramba.

— Nunca vi, juro pelo meu único olho.

O pequeno *youkai* deu um grunhido fino como em reconhecimento, quase como um animal pequeno, e tratou de planar na altura do tanuki, dando uma lambida na cabeça e pelo deste.

— Ei, pare com isso. Não somos tão amigos assim.

A noite foi tomada por berros de agonia e pedidos de socorro.

— Alguém me ajude! Socorro! — berrava em desespero a figura de um homem embriagado enquanto era agarrado por galhos de uma árvore.

Foi preso com os galhos e vinhas, enroscando-se em seu pulso e o chacoalhando para frente e para trás. Estes o atiraram de costas contra o tronco, no qual uma boca vertical, que podia facilmente ser confundida com um buraco, esperava às costas da pobre vítima. Ele se encaixou ali e sentiu as presas dela se fecharem em torno de si, pressionando as suas costelas em ambos os lados, furando-os, fazendo-o gritar. Algo úmido começou a escorrer pela árvore sobre o corpo do homem ainda desesperado e com esperanças vazias de escapar dali enquanto tinha seu sangue drenado por aquela coisa, pelo *youkai* faminto na forma de árvore.

Um grupo de *youkais* passou por ali e assistiu à cena, ignorando os pedidos de socorro da vítima, que ainda viva já se encontrava em estado de digestão.

— Nossa, essa cena me deu fome — comentou o kappa. — Alguma comidinha? Alguém?

— Eu não tenho nada, mas estou com fome também. Vamos fazer uma boquinha? — perguntou o shirime.

— Não tenho nada além do saquê. Precisamos de comida para três bocas — disse o tanuki, gerando um silvo de desagrado pelo kasa-obake. — Certo, quatro bocas.

— Posso pegar alguns peixes no rio se vocês desejarem — sugeriu o kappa.

— Queria comida quente, isso sim, e não vou fazer fogo. Não nesta noite. Vamos tentar roubar alguém no caminho.

— Ei, olhe, tanuki, tem alguém vindo! — Apontou o shirime com o pé, mostrando uma figura vindo na trilha. Pouco havia iluminação em volta para que o mesmo enxergasse, coisa que não era problema algum aos *youkais*. — E ele será nossa primeira vítima. Se não tiver comida, vai ter dinheiro. Vá lá, tanuki, mostre o que sua transformação pode fazer.

— Lá vou eu. Fiquem quietos aí.

— Pense em algo assustador ou sedutor, amigo — sugeriu o kappa.

— Estranho. Pensei ter ouvido gritos de socorro vindo dessa direção — comentou o homem, pensando alto.

— Alguém pode me ajudar? — disse uma voz feminina na escuridão.

— Ué, uma voz feminina? Eu tinha ouvido gritos de homem — ponderou ele. — Já estou indo! — respondeu para a voz na escuridão. Ao se aproximar, encontrou uma mulher, uma bela jovem caída na trilha, aparentemente desmaiada, e foi em seu socorro, mas, para a sua surpresa, seu nariz foi agredido com um forte fedor de saquê. — Nossa, que horror! — exclamou ele, tampando o nariz em ânsia.

— Como assim, que horror? Eu sou linda! — berrou a donzela agora com uma voz rouca de homem embriagado.

— E ainda tem voz de homem? Que atrocidade é essa?

— Agora você me deixou ofendido, chapa.

A mulher soluçou, e o ar em torno dela foi tomado por uma explosão de fumaça, da qual a verdadeira forma dele se revelou ao homem como um tanuki.

— Sujou. Um *youkai*? Tentando me enganar? — Ainda embriagado e em soluços, o tanuki pensou em como reagir, mas antes que tivesse oportunidade o homem bateu na cara do atrevido *youkai* com um pedaço de galho grosso, jogado ao pé da estrada para maldito azar do tanuki, que caiu como uma bola no chão. O olho estava inchado para assombro de seus colegas no meio do mato, que observavam tudo. — Você não vai me enganar. Eu, Shigehiro, sirvo a Buda. Nenhum mal poderá me tocar.

— Pelo orgulho *youkai*! — berrou o shirime, saltando para cima do homem, acompanhado pelo *youkai* guarda-chuva, que voou na direção do desconhecido, mas este repeliu o shirime em pleno ar com uma cacetada do toco de madeira.

Agarrou o único pé do kasa-obake e usou o topo do mesmo para cutucar o único olho do ânus do *youkai*, deixando-o com pernas e mãos para cima em dor e jogando o *youkai* guarda-chuva para o lado como uma ferramenta velha, deixando as três criaturas se debatendo no chão.

— *Youkai* nenhum vai passar a perna em Shigehiro. Eu irei mostrar o caminho de Buda — ameaçou o homem em posição de luta desarmada, até que o kappa interveio, colocando-se rápido entre o homem e os demais *youkais*. — Tem mais um, é? — perguntou. Em resposta, o kappa se posicionou virado para ele, esticou as pernas para os lados e levantou uma delas, dando início ao movimento conhecido como *shiko*[22] no sumô. — Então quer me

22. Movimento de abertura da luta em que o lutador de sumô ergue uma das pernas no alto e a desce, fazendo o mesmo movimento com a outra depois.

enfrentar, ser maligno? – O homem assumiu uma posição de combate. – Irei puni-lo por Buda!

O homem avançou para cima do *youkai* e foi parado por uma única palmada do kappa em seu rosto, deixando o homem inconsciente de costas no chão.

– Que rápido – comentou em desânimo o kappa.

– Que forte, kappa! Você salvou nossa pele com seu sumô, orgulho *youkai* – comentou o shirime.

O homem foi revistado pelo tanuki, que expulsou sua mão rapidamente da roupa do homem em dor, revelando um selo *ofuda*[23] em sua roupa.

– Caramba, ele tem um talismã aí. Fique longe dele – comentou o shirime. – Carrega um *ofuda* porque não se garante no budismo esse daí – provocou o *youkai*.

– Cale a boca, todo mundo. Sinto cheiro de comida e comida quente – disse o tanuki farejando, fazendo com que o restante, salvo o shirime, que não tinha nariz ou narinas, repetisse o ato. – É por aqui!

No meio do mato, sem trilha alguma, em uma pequena e humilde residência, um homem se preparava para seu jantar do lado de fora de sua casa, sentado à luz da lua. Em uma tigela, uma iguaria nada convencional para um homem em uma casa tão humilde quanto aquela. Era *gyūdon*, um prato composto de arroz, carne vermelha e cebola.

– Vá lá, tanuki. Sedução não é seu forte. Tente virar algo assustador em vez disso – pediu o shirime.

Mal se preparou para se deliciar com a iguaria que comprou com seu suado trabalho de um mês, foi interrompido por um barulho similar ao de um chocalho vindo da escuridão de um bambuzal. O dono do som foi o suficiente para botá-lo para correr dali,

23. Talismã para afastar o mal oriundo do xintoísmo.

quando dois esqueletos humanos saíram das trevas com garras estendidas para levá-lo. O homem deu um berro, caiu para trás e se arrastou para longe da comida enquanto a ossada fantasmagórica avançava na direção dele, fazendo-o correr, abandonando com as roupas do corpo sua própria residência.

– Caramba, tanuki, mandou bem! – alegou o shirime, aproximando-se para coletar a iguaria humana quente, mas outra figura se aproximou pelo outro lado, um outro homem, este velho, careca e sem olhos.

– Eita! – disse o shirime, olhando para o homem.

– Eita! – repetiu o homem, estendendo suas mãos no ar, revelando olhos no interior de suas palmas que fitavam o shirime.

O velho também era um *youkai*. Uma outra criatura semelhante a um oni, mas desconhecido pelos demais *youkais*, aproximou-se do velho e disse:

– *Ije meog-eul su issnayo?* – comentou a estranha criatura em uma língua diferente do japonês e desconhecida para o shirime.

– Do que ele me chamou? – perguntou o *youkai*.

– Ele não chamou você de nada, seu ignorante, só perguntou da nossa comida.

– Ei, sai fora, olho-grande. Essa comida é nossa! – xingou o shirime.

– Quem você está chamando de olho-grande, seu olho-grande? – retrucou o *youkai* com olhos nas palmas.

– Você e seu amigo, o goblin não nipônico aí. Como ousa andar com criaturas não nipônicas? Onde está seu orgulho, *youkai*?

– Ora, seu xenofóbico!

– Eu? Xenofóbico?

– Sim, xenofóbico. E ainda por cima cleptomaníaco! – afirmou a criatura idosa, coletando com uma das mãos a tigela de comida quente que mal saíra do chão e foi depositada com força de volta ao lugar pelo pé do shirime. – Tire seu pé imundo de nossa comida.

— Tire essa mão com esse olho gordo de nossa comida. Nós assustamos o dono. É nosso direito.

A confusão gerou a aproximação do kappa para o lado do shirime. O par de esqueletos se dirigiu para perto do grupo de *youkais*. Ao desfazer a transformação, o par se revelou não como uma única forma do tanuki, mas como forma de dois *youkais*, já que um dos esqueletos se transformou em uma pequena raposa de nove caudas. E todo bom conhecedor do mundo *youkai* sabe como raposas e tanukis se detestam. Algo notado pelo duplo "ei" que foi emitido quando notou as criaturas se encarando de forma antagônica.

— Saia daqui antes que eu pise nesse seu saco imundo. A comida é nossa! — afirmou a raposa.

— Não se eu arrancar um desses seus rabos primeiro. A comida é nossa! — rebateu o tanuki.

A raposa colocou um pequeno crânio, do tamanho da cabeça de um rato, sobre sua cabeça e fez uma posição com as patas unidas. O tanuki fez exatamente o mesmo com uma folha em sua cabeça. Uma nuvem de fumaça engoliu a raposa, era o sinal de uma transformação. Esta se transformou em uma enorme cobra pronta para engolir o tanuki.

— Como vocês fazem isso com folhas e crânios? — perguntou o kappa.

— Com poder dos asterismos! — respondeu, enraivecido, o tanuki sem desviar o olhar, transformando-se também com a nuvem de fumaça, revelando a forma de um texugo japonês de dois metros de altura.

Frente a frente de seu rival.

— *Dokkaebi-eun geu baboleul ttaelyeossda* — falou em outra língua em tom de ordem o *youkai* em forma de velho para a criatura não japonesa que o acompanhava

O monstro avançou sem pestanejar na direção do shirime, e a mão deste foi parada pelo reflexo rápido do kappa, que o segurou pelo pulso, impedindo este de tocar seu amigo. A criatura não nativa dali fez uma posição de combate, afastou-se brevemente do kappa, mas o encarou e posicionou os punhos no chão.

O kappa não falava sua língua, não conhecia aquela luta, porém compreendeu que era um desafio feito por aquele ser estranho, e deu início ao movimento de entrada do sumô, o *shiko*. As criaturas se encararam, e tão logo um grunhido escapou da boca do oni coreano, o kappa foi para cima da criatura, que também avançou contra ele, fazendo com quem colidissem e se atracassem, tentando derrubar um ao outro. Mesmo esguio, o kappa demonstrava toda sua força. Era forte, no entanto não conseguia derrubar a criatura que tinha um estilo de luta diferente. Distraídos, não notaram quando uma coisa se ergueu em meio às árvores, emitindo um som de chocalho. Nem eles, nem os *youkais* metamorfos, nem os *youkais* olhudos brigando pela comida.

— Está olhando o quê?

— E você está olhando o quê? — repetiram sem pararem de se encarar.

O shoji, a porta deslizante da casa próxima, revelou vários olhos que encaravam com curiosidade a disputa de ofensas entre as partes. Quem diria que a porta também era um *youkai*, um mokumokuren.

— Está olhando o quê? — perguntaram os dois ao *youkai* porta, este sem boca para falar, mas com olhos para se expressar, arregalou-os de pavor, emudecido quando notou a enorme sombra no horizonte contemplando a desforra entre os *youkais* ali detidos.

Sombra de um enorme esqueleto.

— Fome — falou em uma voz grave terrivelmente assustadora, chamando a atenção de todas as criaturas à frente daquela casa.

— *Ga-ga-gashadokuro*! — disse com espanto a raposa na forma de cobra.

— O que é que ele quer? — perguntou o kappa, ainda agarrado à outra criatura.

— Sei lá, cálcio? — sugeriu o shirime.

— Fome — repetiu o *youkai* esquelético quando estendeu sua garra ossuda para tentar capturar um dos *youkais*, o que fez todos se dispersarem apavorados da cena para não virar comida do *youkai* faminto.

IV

— Essa foi por pouco, não fosse o kasa-obake roubar a tigela de comida, teríamos morrido de fome. Obrigado, amigo — agradeceu o kappa, e o pequeno guarda-chuva saltitante respondeu com alguns grunhidos baixos em tom de satisfação pelo elogio, como um cachorro em aprovação.

Um barulho e vários grunhidos foram ouvidos ecoando pela noite, chamando a atenção do trio. Não demorou para a fonte ser descoberta. Em uma residência, vários objetos vagavam ensandecidos de forma arteira pelo lugar: sandálias, quimonos, garrafas de uísques, tigelas quebradas velhas, instrumentos musicais, incontáveis objetos portando um único olho e por vezes bocas com línguas como a do kasa-obake vagavam na entrada da vila, provocando os moradores.

— Tsukumogami? — sugeriu o tanuki.

— É uma leva grande deles. São bem arteiros. Veja, tem uma sandália mordendo o pé daquele velho, e olhe lá... Uma sombrinha tentando prender a cabeça daquela mulher. — Apontou o kappa. — Kasa-obake chan também é um tsukumogami, né?

O pequeno guarda-chuva que os acompanhava demonstrou confusão, não parecendo entender as palavras que o companheiro de viagem dizia.

— Desiste, kappa. Tsukumogamis são burrinhos que nem animais. Eles só têm o instinto de ir, vir, assustar humanos e afins — comentou tanuki.

— Saiam daqui, *youkais* — berrou uma voz infantil em meio à noite daquela vila.

O dono dela não era outro senão um jovem, nada além de um adolescente em trajes xintoístas correndo chacoalhando um *gohei*[24] para afastar as criaturas fantasmagóricas.

— Humanos fazendo "humanices" — contemplou com certo divertimento o shirime.

— Não faça pouco caso das "humanices" dos humanos — alertou uma voz que o quarteto de *youkais* percebeu pertencer a um outro tsukumogami, um na forma de um pincel com um pequeno olho e uma boca minúscula, mas que soltava uma voz grave.

— Ei, você consegue falar — observou o shirime.

— Falar, pensar, comer, existir, tudo graças aos humanos como Inoue San ali — disse o pequeno *youkai*, referindo-se ao garoto em trajes xintoístas.

— Graças aos humanos? Explique aí, professor — pediu o tanuki.

O pequeno pincel *youkai* ganhou a atenção deles.

— Como vocês acham que nasceram, que surgiram? Como eu surgi? — perguntou o pequeno *youkai* que se movia ora saltitando, ora flutuando, deixando os pelos do pincel virados para cima emulando um cabelo.

A pergunta fez os *youkais* ficarem pensativos.

— Bom, tanuki é tanuki desde que se lembra.

24. Uma vara de madeira do xintoísmo utilizada em rituais do mesmo para abençoar, santificar e espantar o mal de pessoas e objetos. É adornada com dois segmentos de papel, os *shide*.

— E qual a primeira coisa que você se lembra? Faça um esforço — pediu o pequeno pincel a ele.

— Eu me lembro... de outros tanukis comigo. Outros como eu... Bem, é o que me lembro.

— Então você também não se lembra de onde veio. Ho, ho, ho! — Riu o pequeno pincel.

— Ah, eu vim de Eniwa, todos viemos de lá.

— Certo. E onde vocês estavam antes de chegarem em Eniwa?

— Bom, eu estava em algum lugar de Hokkaido.

— E antes de tudo, antes de Hokkaido, antes de estar com outros tanukis?

A pergunta trouxe mais esforço para o *youkai* metamorfo, que, com um novo brilho de confusão nos olhos, fitou o horizonte com os *youkais* objetos atazanando os humanos e sendo espantados pelo jovem.

— Não me lembro. Parece uma ressaca, mas... é diferente.

— Você não se lembra de suas origens completas porque humanos são donos dessas origens. Os homens, não os *youkais*.

— Espere um instante... Não entendi direito o que você falou. Repita devagar — pediu o shirime.

— Nós todos vivemos porque os humanos acreditam na gente. Vivemos e somos o que somos por causa dos homens — afirmou o pequeno *youkai*.

— E você se lembra de sua origem por gente humana? — perguntou o kappa com seu tom mais calmo.

— Sim e não. Não lembro quando a madeira de meu corpo foi juntada com os pelos da minha cabeça, me transformando em um pincel, mas me recordo de meu dono. Lembro do pai de Inoue escrevendo comigo, de sempre observar aqueles papéis com aquelas marcas, do homem ler os símbolos e dar som a eles; sons que aprendi com os anos a guardar e a repetir para mim mesmo. Logo comecei a ler e a entender aqueles símbolos e marcas.

– Você é um pincel de escrita do pai do garoto? – perguntou o tanuki.

– Era. O pai do menino adoeceu e largou a escrita. Estava escrevendo uma história, uma novela sobre *youkais*, mas desistiu ao duvidar de si mesmo e duvidar de nós. Talvez, logo, haverá mais pessoas como o pai de Inoue ou como o próprio Inoue, que não acreditam ou não nos temem. Assim, deixaremos de ser vistos ou existir.

– Eu ainda não entendi o papo de sermos o que somos por causa de pessoas – disse o shirime.

– Não é necessário entender. Apenas vão, curtam sua noite, companheiros *youkais*. Logo talvez não haja mais noite para ser curtida por nós ou sermos lembrados.

– Lógico que não haverá, logo vai amanhecer. – Apontou o shirime.

– Que dor de cabeça esse papo de tsukumogami. Vamos procurar mais saquê e cair na estrada.

Três dos *youkais* seguiram a estrada, um brevemente tardou em acompanhar o trio, era o kasa-obake, que perdeu um pouco de tempo olhando uma senhora senil na porta de sua residência com um guarda-chuva novo mesmo naquela noite sem chuva. Uma visão que fez o único olho do *youkai* guarda-chuva verter uma lágrima de tristeza e de saudade, sem ao menos ele ter real noção por que se sentia assim e por que uivou baixo para a noite sem que outros o ouvissem; exceto um certo *youkai* pincel.

– Alguns de nós jamais poderá se esquecer dos humanos – repetiu o pincel para si mesmo, vendo a cena triste.

V

Uma das marcas do *Hyakki Yagyō* era o próprio desfile de *youkais* diversos que vagavam na noite atravessando algumas das vilas do Japão. Não havia um esquema muito próprio para decidir quais seriam as sortudas ou azaradas contempladoras desse evento anual. A única regra escrita era a de seguir nurarihyon, o mais próximo de um respeitado líder dos *youkais,* se é que tinham um.

A fanfarra finalmente fora interceptada pelo quarteto em uma vila que não podiam investigar devido ao vandalismo das placas das mesmas pelos compatriotas *youkais*. Fazendo barulho, baderna, batendo tambores e quebrando coisas, às vezes atraindo pessoas, às vezes assustando estas. A fila de criaturas seguia ininterrupta pelas vilas até o amanhecer, formada por tudo quanto espécie de *youkai*, incluindo outros kappas, tsukumogamis, bakenekos, mas só um nurarihyon.

— E aí seguimos eles a partir daqui? — perguntou o kappa.

— Não sei. Vocês estão realmente a fim disso? — Quis saber o tanuki.

— Eu voto para a gente ir procurar comida, já estou com fome de novo. Além do mais, seguir regra é muito *anti-youkai* — afirmou shirime.

— É, podíamos ver mais comida e mais bebida. Você me ganhou, shirime — falou o tanuki, ganhando um raro olhar de desafeto do kappa, que foi deixado para trás.

— Eu nem sei por que ainda me importo — respondeu o kappa antes de seguir a dupla até um dos restaurantes vandalizados pelos *youkais* de passagem.

Um barraco destroçado era o que se tinha de restaurante naquela vila e o quarteto de *youkais* já chegou adentrando o lugar que parecia abandonado de vida humana. O primeiro a entrar também foi o primeiro a sair. O shirime deu ré, grunhindo de dor e saltando aos berros com algo que cutucou o olho dele logo na entrada da cozinha.

— O que foi isso? — pergunto o tanuki ao companheiro se debatendo no chão.

— Bateu no meu olho. Alguém ou algo bateu no meu único olho — tagarelou o *youkai* com o olho vermelho lacrimejando.

Não demorou para o irritado dono da afronta sair da cozinha com uma lança de madeira adornada com um copo em sua ponta. Um cavaleiro baixinho e irritadiço saiu armado para o combate. Poderia até ser uma ameaça séria não fosse o fato de ser formado praticamente de louça. Era seto taisho, o *youkai* formado de pratos, talheres e xícaras.

— Ei, babaca, você machucou meu amigo — acusou o tanuki enquanto o kappa ajudava o *youkai* de orgulho e olho feridos.

— Não vão adentrar este recinto, *youkais* fedidos. Não sem uma luta até a morte — afirmou o cavaleiro de louça com sua lança sem ponta.

— Queremos comida e bebida. Se você não sair do caminho, vamos quebrar cada xícara sua, seu irritadinho.

— Não vai rolar. Eu terei suas cabeças infiéis na minha lança! — berrou o samurai de xícaras.

— É assim, né? Beleza, kappa, pegue ele — disse tanuki.

— Eu? Por que eu?

— Ué, porque sim. Você é o músculo do time. Eu sou o cérebro, kasa-obake é o bonito e shirime é o shirime. Cumpra seu papel.

— Irei cozinhar você, ser lodoso com cara de tartaruga — ameaçou seto taisho.

— Calma lá. Não fique bravo. Não quero brigar. Além do mais, você parece frágil.

— F-frágil!? — berrou o guerreiro de xícara.

— Vá, kappa. A porrada vai começar. Mostre para ele — soltou o tanuki, transformando-se em uma versão de si mesmo, trajado como um gyōji, um juiz de lutas de sumô.

Usava o uniforme com um chapéu preto, o *eboshi*, e com o leque de madeira, o *gunbai*, em mãos, chacoalhando-o de forma animada. Como se aceitasse o desafio sem nenhuma formalidade, o samurai de louças saltou para fora da cozinha e avançou com a lança sem ponta para cima do kappa, que segurou o cabo de madeira dela com as mãos sem maior esforço. Seto taisho tentou puxar a lança de volta, mas era muito fraco, e o kappa conseguia segurá-lo no lugar sem se esforçar, dando só um ar mais cômico à derrota do guerreiro improvável. Sem se render, ele fez tudo o que podia, além de berrar de forma incoerente. Deu um chute dolorido com seu pé de talher na canela do *youkai* aquático, que, incomodado, ergueu o guerreiro de louças junto da lança e o atirou atrás de um balcão, resultando em um estrondoso barulho de louças quebrando, e um silêncio cômodo depois.

— Brigou tanto e ficou tão agressivo para nada — comentou o tanuki.

Em pratos jogados na frente do balcão, restos de sushi e de outras iguarias foram sistematicamente coletados e comidos pelo trio de *youkais*. Uma garrafa com saquê foi encontrada pelo tanuki, que prontamente a levou aos lábios para se embebedar próximo da janela. Sentiu a garrafa se mover sozinha em sua mão e viu, com um susto que o fez cuspir o saquê, o rosto desenhado do seto taisho na garrafa.

— Vocês ganharam a luta, mas não a guerra! — afirmou de forma furiosa quando um novo corpo sem cabeça apareceu formado por louça ainda não quebrada e atirou contra o tanuki um prato como um disco.

Kappa, shirime e kasa-obake estavam no balcão. Olharam todos para a esquerda, de onde veio seto taisho, e em seguida para a direita, acompanhando o lançamento da louça voadora que por pouco não atingiu o tanuki, pois este se transformou em uma pequena estátua de pedra Jizo; deixou o prato voar pela janela acima dele. Este seguiu para a noite escura, voou e colidiu com algo na escuridão, uma sombra grande que pairava de pé acima de um outro telhado.

Os cacos do prato partido caíram ao chão da vila, o que chamou a atenção de todo o grupo para a janela.

— Violência. Violência sem motivo. Violência sem provocação prévia? — disse uma voz acusadora na escuridão, então o dono da voz desceu de cima da casa, a enorme e monstruosa figura temida no mundo *youkai*.

— Hanadaka tengu! — exclamou o trio de *youkais* em pânico.

A criatura de pele avermelhada e nariz longo olhou furiosa para o grupo e para o estabelecimento em que se encontravam.

— Saiam daí e me enfrentem como guerreiros — bradou, sacando um enorme leque e realizando um vento poderoso contra o prédio, abalando toda a estrutura do mesmo.

— Kappa, faça alguma coisa — ordenou o tanuki em pânico.

— Pense em alguma coisa. Você não disse ser o cérebro?

— Ele está muito irritado para eu pensar em algo.

— E ele está muito irritado para tentar lutar com ele.

— Saiam daí, covardes! — gritou mais uma vez e disparou outra ventania contra o lugar, invadindo o espaço, atirando-os na outra extremidade do cômodo, incluindo o pobre kasa-obake, que com seu formato foi carregado com enorme facilidade pelos ventos furiosos.

Um som familiar foi ouvido: uma espada deixando a sua bainha. Era o tengu de nariz comprido com sua lâmina igualmente comprida, preparando-se para ter sangue *youkai*. A porta foi lacerada e a criatura se adiantou dentro do recinto. Abaixando a cabeça ao passar pela porta, o enorme homem *youkai* tomou a visão do grupo, que em pânico se acuou na extremidade oposta.

— Quem ousa atirar uma louça barata contra mim? — clamou furioso o *youkai*.

— Quem ousa invadir meu território e maldizer minha louça? — exclamou a voz de seto taisho, agora recomposto com outras quinquilharias da cozinha.

— Eu — confessou a criatura com a lâmina de sua espada na horizontal, rente a seus olhos, mas diante de seu longo nariz.

— Finalmente um oponente digno — comentou o samurai de louça, irritadiço.

— Vamos dar o fora daqui antes que sobre para a gente — falou o tanuki ao restante, deixando que a destruição de louça começasse no interior com o combate dos dois guerreiros.

VI

— Está quase amanhecendo, e estou mais cansado do que deveria. E esse verão? — desabafou o shirime. — O que foi que fizemos de bom nesta noite?

— Depende do que você considera bom, bunda.

— Tanuki, o que é bom para você além de beber?

— Beber mais, ué. Roubar uma graninha, zoar uma raposa safada.

— Nossa noite já se encontra no fim e você só conseguiu o saquê para beber, estou errado?

— Bem... não.

— Eu falei que podíamos acompanhar o desfile. Sugeri isso, mas ninguém me ouve — protestou o kappa.

— Conte seus pecados — disse uma voz na escuridão, que foi ignorada pelo time.

— E eu lá quero saber de vagar com os outros *youkais*, rapá? Na real, esta noite está uma zona. Fui cortado acima do rego por um *youkai* doninha. Tive meu chapéu roubado cortado pelo mesmo, tive de correr para não ser devorado por um esqueleto gigante canibal, recebi lição de moral de um tsukumogami, apanhei de um humano com um pedaço de pau, fui atacado por um seto taisho, o *youkai* mais fraco que já existiu, quase fui morto por um tengu e não vi nenhuma mulher pelada ainda. Esta noite é oficialmente a pior de todas.

— Detesto concordar com você, mas é tudo verdade. Estou inclusive ficando sóbrio, o que é horrível — afirmou o tanuki.

— Então é um pecador — falou a voz na escuridão, novamente ignorada.

— Acho que fizemos algo de errado em nossas vidas passadas — pontuou o kappa, mais sensato.

— Que mané vidas passadas, ô tartaruga. Virou budista agora? Por que não aproveita e vai rezar naquele templo budista ali na frente? Ou se desejar a gente procura um xintoísta.

— Ei, cuidado, shirime. Dá azar para nós, *youkais*, debochar de Buda — comentou o tanuki em uma fala surpreendentemente sóbria.

— Fique com seus asterismos para lá, rapá. Só se vive uma vez, e não seis. Quer saber o que acho de Buda, é?

Ele tratou de agarrar uma pedra com o pé que utilizava de mão e a atirou com enorme força na direção do templo. A pedra fez uma curva perfeita no ar, adquiriu mais força, entrou por uma janela e quebrou alguma coisa em seu interior.

— Poxa, shirime, o que você aprontou, seu doido? — questionou o tanuki com medo.

O kappa tratou de se levantar, também apreensivo, e kasa-obake se encostou nele como um cachorro com medo. Havia algo de estranho no ar, mas shirime se demonstrou menos sensitivo que os demais *youkais* e o lugar foi tomado de pequenas chamas azuis flutuantes, as hinotamas.

— Não há outras vidas, porque esta já está um inferno.

— Ainda não está, mas logo estará para você, shirime — afirmou uma voz grave como um trovão, a mesma voz ignorada pelo grupo. Uma chama alaranjada se acendeu na escuridão e logo um calor e um cheiro forte de enxofre tomou as redondezas. — Eu venho pelas almas dos mortais, mas irei arranjar um lugar especial para você, *youkai*.

O quarteto começou a berrar, assustado, principalmente o shirime, pois foi às suas costas que a enorme cabeça demoníaca e barbada, presa a uma roda, ergueu-se envolvida em chamas rodopiando no ar sem que a cabeça em si virasse. Uma enorme porta de pedra se ergueu atrás deste com imagens adornadas de pessoas sendo queimadas, mutiladas, comidas por insetos gigantes, torturadas, tendo sua base adornada pela figura de um homem com cabeça de boi e um homem com cabeça de cavalo[25].

— Não! Desculpe! — berrou o *youkai*, desesperado.

A criatura emissária do inferno se encaixou na porta de pedra e abriu sua boca como um portal para o mundo de chamas e pavor eterno que aguardava os hereges e infelizes. Ela começou a sugar para o portão de enxofre a pobre criatura, que teve sua mão segurada pelo kappa, que, com a outra mão, segurou a ponta do

25. Guardiões do submundo na mitologia chinesa e japonesa, conhecidos por *niútóu* e *mǎmiàn*, respectivamente na primeira mitologia, e *gozu* e *mezu* na segunda.

kasa-obake, cujo pé se enroscou no tanuki, que virou a estátua Jizo de pedra, mantendo os amigos o mais firme possível no solo.

— Me desculpe, Buda — berrou em lágrimas o shirime quando várias mãos se estenderam da boca da cabeça, mãos com carne derretida com alguns dedos ósseos à mostra, agarrando o *youkai*.

— Proteger um pecador também é um pecado — disse a criatura, mesmo sem mexer os lábios, ocupados em tragar toda a turma de *youkais* para dentro.

A criatura estava lá apenas com sua mandíbula estirada o máximo possível, com sua pele escarlate brilhando sob a luz das próprias chamas do inferno. Pupilas brancas e vazias e barba em chamas forneciam a visão mais assustadora possível para qualquer ser vivo que andasse na Terra. Uma outra luz, essa em tom azul-claro, veio por detrás da grande porta, estendendo-se quase como a luz do dia ultrapassando os limites finitos da porta de pedra. Tomou a visão dos *youkais*, que sentiram as mãos cadavéricas cederem e desistirem deles, soltando-os. A cabeça na porta emitiu um grito de agonia, e a luz cegou a todos. O quarteto de *youkais* estava bem aparentemente. A porta e a criatura haviam sumido, tão bem quanto as chamas que não deixaram vestígio algum, mas o cheiro de enxofre permaneceu no nariz do tanuki como um lembrete de que tudo aquilo foi real.

— O que houve? — perguntou o shirime, secando as lágrimas de seu único olho.

— Acho que alguém ou algo ouviu você pedir desculpas. Olhe lá — disse o tanuki, apontando para o templo em que havia pouco tempo o shirime atacara com uma pedra, onde uma luz agora desaparecia.

O grupo caminhou para perto da entrada e notou se tratar de um templo velho e abandonado, uma fraca luz azul vagava por ali. A chama se expandiu aos poucos, assumindo uma forma maior na direção deles, que jaziam trêmulos pensando ser outra ameaça infernal. A luz assumiu a forma dupla, em parte a forma de uma raposa de nove caudas azulada em chamas e a forma feminina de uma mulher de face sem definições.

— Já os ajudei. Se arrependam e saiam — avisou ela com uma voz espectral que tinha o som de várias.

— Uma raposa de nove caudas? — sugeriu o kappa.

— Não é uma raposa qualquer. É *a* raposa. Tamamo-no-mae! — afirmou incrédulo e espantado o tanuki.

— Alguém que sabe o meu antigo nome — confessou com delicada surpresa a criatura.

— Como eu poderia não saber? Como alguém poderia não saber? Um dos quatro *youkais* mais perigosos do mundo. Você sumiu há anos. Eu disse que sou o cérebro do time — afirmou o tanuki rapidamente, virando-se para os demais.

— Eu não sumi, prossegui de vida.

— Espere, então não se vive só uma vez, vossa reverência? — perguntou o tanuki com inédito respeito por uma raposa.

— Vivi muitas vidas, *youkais* desordeiros, vidas de egoísmo e maldade aos olhos de muitos. Já fui Daji na China antiga, Caio no que chamam de Índia, Bao Si novamente na China moderna e Tamamo aqui, mas encontrei meu fim carnal na mão de homens a serviço do xintoísmo. Ainda assim, não me arrependi e encontrei formas de matar mesmo após minha morte, até que fiz um amigo em Gennō.

— Ei, eu sei essa parte. Ouvi falar disso. Você ficou presa em uma pedra que envenenava e matava os outros até que esse monge a serviço de buda, Gennō não sei das quantas, exorcizou você, é isso? — tagarelou o tanuki para todos ali como um professor excitado com a própria aula.

— Exorcismo é como uns chamam. Gennō apenas conversou comigo. Me fez lembrar todo meu trajeto até ali, meus caminhos e como ainda podia escolher algo novo, me fez refletir. Esse templo que você profanou com a pedrada? Foi o último templo da peregrinação dos dias finais de meu amigo. Se dependesse de mim, eu os deixaria pela pedrada. A ofensa seria levada para uma próxima vida pior do que todas. Apenas retribui o feito de Gennō a terceiros. Pude escolher algo novo para mim. Escolhi o caminho dos deuses em vez do inferno. Aprendam a escolher o próximo caminho de vocês, nem todos têm a sorte, capacidade ou tempo de poder fazer isso.

A mulher raposa desapareceu em uma elevação de fogo azulada com o som do uivo de uma raposa para a lua. Uma cena, feito e lenda que nem mesmo outros *youkais* acreditariam se ouvissem das quatro testemunhas.

Sem coragem para qualquer arte ou travessura, os quatro *youkais* partiram dali em silêncio. Observaram no horizonte, ao sair do templo, o nascer do sol. Era o fim do *Hyakki Yagyō*, o Desfile Noturno dos Cem Demônios, e o nascer do novo dia. Uma fila de *youkais* caminhava no ar seguido por várias hinotamas, que também deixaram o mundo dos homens. O kappa e o tanuki deram tapinhas sobre a cabeça do shirime, do tipo que amigos fazem às vezes nos ombros um dos outros, e os quatro youkais desapareceram com as últimas sombras da noite. Deixaram apenas uma estátua Jizo para contemplar a luz do dia em seus lugares, como testemunha de muitas histórias a serem contadas em canções de homens e de bruxas.

Seis caminhos.
O Verão do Samsara.
Uma estação.

Canções de bruxas e rapsódias de fadas negras
Capítulo 13: "Dos caminhos espirituais dos homens"

EPÍLOGO

Em algum lugar da Europa

O dia seguia de forma rotineira para o padre Abel, até que um homem e uma mulher de terno adentraram a igreja. Antes que qualquer palavra pudesse ser dita, eles exibiram um distintivo com o símbolo de um círculo prateado em um fundo preto.

— Rouen? — chamou o padre Abel enquanto adentrava o sótão daquela velha igreja.

Ele observou as inúmeras pilhas de livros jogados para todos os cantos, livros em várias línguas, a maioria em francês, mas o padre não teve resposta do dono daquele nome.

Resolveu terminar de subir a escada para o recinto e começou a vasculhar o lugar. Bíblias em várias edições e diferentes traduções se encontravam espalhadas pelo cômodo, bíblias estas que Abel usara anos atrás para aprender inglês, irlandês e latim, comparando com a bíblia em sua língua materna; livros que outrora foram de estudo e que agora serviam de estudo para seu filho adotivo, Rouen Hamlet.

— Rouen, cadê você? Ro... — Ele se silenciou brevemente ao encontrar uma foto emoldurada que jurava ter perdido. — Então estava aqui esse tempo todo – constatou para si mesmo, vendo na foto um Abel mais jovem junto dos demais membros daquela comunidade religiosa.

Ele, os sacerdotes mais jovens, a jovem irmã Agnes com o ainda pequeno Rouen no colo, este chupando o polegar como uma criança – como uma criança não, ele era uma criança. Mesmo naquele corpo, com uma aparência que assustaria desavisados, havia inocência. Com a idade chegando, a personalidade de Rouen começava a se aflorar. Quais seriam suas vontades futuras? Será que desejara sair dali e conhecer melhor o mundo como um jovem rebelde? Ficar e fazer daquele lugar seu eterno lar? Abel tinha medo e preferia que fosse a segunda opção, tal qual um pai superprotetor e zelador temendo o que o mundo poderia fazer a seu inocente filho.

Ainda vagando, distraiu-se quando pisou em algum volume no chão, fazendo algo reverberar no meio de uma montanha de livros. Ele se assustou e depois notou, havia pisado em um rabo que saía da montanha de livros que agora se desmanchava.

No térreo da igreja, um homem e uma mulher aguardavam em silêncio o retorno de Abel, contemplando a casa de Deus com indiferença.

– Pois não. Posso ajudá-los? – perguntou a irmã Agnes, que veio receber a dupla.

– Abel já nos recebeu – disse a mulher a ela, erguendo um distintivo, tinha o símbolo de um círculo prateado fino sobre um fundo preto, como um eclipse solar prateado.

– Ah, nossa, não sabia que vocês estavam aqui, perdão.

Agnes se retirou e ao dar as costas fez um breve sinal da cruz como se pedisse proteção para ela ou para um terceiro. O lugar retornou ao silêncio anterior até que Abel voltou até a dupla.

— Perdão a demora. Eu o estava localizando, ele já está descendo.

— Quantos anos ele tem? — perguntou o homem a ele.

— Dez anos, já é praticamente um adolescente, se é que pode ser chamado assim.

— E o ovo dele, onde acharam?

— Em uma das reformas da igreja encontramos o ovo abaixo do assoalho. Não sei quanto tempo tinha, mas o ovo se chocou quando recebeu a luz do sol, lembro até hoje. — O homem e a mulher se olharam como se confirmassem a suspeita. — Adão, você acha que ele é o último da espécie dele? — perguntou o padre ao homem.

— Creio que sim, porém o mundo é enorme, não é? Se havia um ovo enterrado aqui, o que impede de haver outro aqui ou encoberto sobre a terra em algum outro canto escondido da luz do sol? Podemos examinar posteriormente o lugar e a escavação se você deixar.

— C-claro, por favor! — respondeu o padre com certo ânimo. — Ei, olhe, lá vem ele. Venha aqui, Rouen, quero lhe apresentar um casal de amigos do pai. — Uma figura veio encolhida e encoberta, trajava um hábito religioso com touca que encobria todo o seu corpo, como se fosse para não ser visto acidentalmente por ninguém. — Pode tirar o hábito, filho. Fique à vontade. Eles vieram para ver você, como você é.

A figura de touca encarou o padre com um movimento rápido, denotando surpresa, e depois esticou as garras cinzentas inumanas afiadas para fora das longas mangas e puxou pela touca o hábito para tirá-lo pela cabeça como uma camiseta, revelando sua aparência.

— Meu Deus — disse a mulher com surpresa e admiração, como se não cresse no que aparecia diante de seus olhos.

O homem teve sua sensação de surpresa também, mas esta se resumiu a ficar levemente boquiaberto sem falar nada.

— Senhores, apresento-lhes Rouen Hamlet — disse o padre diante da dupla, que agora presenciava uma gárgula cinzenta com um metro e meio, pele com escamas que acusavam juventude, além de um rabo reptiliano que se arrastava pelo chão, o qual a ponta ziguezagueava para os lados cada vez mais rápido, como um cachorro animado.

— O-oi. Digo, bem-vindos à casa de Deus — comentou com uma tímida e humilde voz a gárgula à frente deles.

GLOSSÁRIO DAS FADAS

Bakeneko (*Os seis caminhos do yokaísmo*): *youkai* felino que anda em duas patas e que pode falar, produzir chamas, invocar espíritos e é famoso por pregar peças se transformando em pessoas. É constantemente confundido com a nekomata, que é outro *youkai* felino, mas que possui dois rabos, sendo em algumas versões uma evolução natural do bakeneko.

Diao si gui (*77 dias em Bambu*): espíritos de pessoas que morreram enforcadas, seja por suicídio, condenação ou acidentes. Possuem normalmente olhos esbugalhados e longas línguas expostas para fora da boca.

Djinn (*Conhecimentos proibidos*): os famosos gênios da lâmpada, sendo parte essencial do corpo sobrenatural, mitológico e folclórico de religiões pré-islâmicas árabes e como parte do islamismo também. São seres primordiais confundidos com demônios que, como humanos, também nascem do *fitra*, o estado de pureza no qual todos os humanos nascem. Por isso djinns podem ser tanto bons quanto malignos, assim como pessoas.

Dokkaebi (*Os seis caminhos do yokaísmo*): tipo de goblin do folclore coreano, sendo criaturas similares a onis, fortes fisicamente, mestres na arte do vale tudo coreano, o *ssireum*. Alguns possuem um chapéu de invisibilidade e um cajado mágico.

Futakuchi onna (*Bocas para alimentar*): *youkai* sob a forma de uma segunda boca que nasce na parte de trás da cabeça de mulheres. Utiliza os cabelos das mesmas como membros para se alimentar e confessam os pensamentos mais ocultos e segredos de tais mulheres.

Gárgula (*epílogo*): criaturas de pedra com feições demoníacas e asas de morcego, normalmente utilizados como elementos de arquitetura de igrejas. Sua aparência é derivada da lenda do dragão de Rouen ou Ruão, na qual um dragão conhecido como *gargouille* – gárgula em francês – é morto e sua cabeça é pregada nas paredes da igreja, servindo de exemplo a outras criaturas das trevas que ali tentassem trespassar.

Gashadokuro (*O túnel Hitobashira, Os seis caminhos do yokaísmo*): espírito sob a forma de um esqueleto gigantesco que tenta se alimentar de humanos. Tem um comportamento vingativo e é dito nascer da ossada de pessoas que morreram vítimas de fome ou batalhas, embora haja versões em que se originem de ossadas em túmulos coletivos ou de ossadas de vítimas da praga.

Gwisin (*Ppalkansaek*): são os fantasmas do folclore coreano. Como os fantasmas em muitas culturas ocidentais, podem ter comportamento vingativo ou não, e podem se ancorar a lugares, pessoas, coisas ou a costumes e sentimentos fortes tidos em vida.

Hanadaka tengu (*Os seis caminhos do yokaísmo*): um tipo de tengu, um *youkai* com características de homem e ave de comportamento bem agressivo e que possui o comportamento de um guerreiro. Diferente do outro tipo, o karasu tengu, o hanadaka tengu têm um longo nariz e uma face vermelha; é enorme e armado com espadas e leques em forma de folhas. Capaz de criar tornados, além de ter poderes telepáticos, teletransporte, capacidade de imitação de vozes humanas e metamorfose.

Hatif (*Conhecimentos proibidos*): seres da mitologia árabe que são essencialmente vozes que conversam com pessoas sem terem um corpo físico, ao menos não um corpo visível. Sua figura por vezes é confundida com a dos djinns.

Hinotamas (*Os seis caminhos do yokaísmo*): são pequenas bolas de fogo que servem de prelúdio para alta atividade paranormal ou espiritual; não confundir com as hitodamas, que são similares, mas que são de fato espíritos dos mortos.

Hyakki yagyō (*Os seis caminhos do yokaísmo*): pode ser traduzido como "Desfile noturno de cem youkais", é um evento em que diversos *youkais* vêm ao mundo dos vivos simultaneamente. Ocorre uma vez ao ano. Um conceito similar no ocidente é o pandemônio.

Inugami (*Os seis caminhos do yokaísmo*): *youkai* cachorro formado a partir do espírito de cachorros que foram enterrados ainda vivos ou em lugares inoportunos como estradas — onde viajantes constantemente pisariam sobre a sua cabeça. Podem possuir pessoas e atazanar outras com seus poderes sobrenaturais, algumas versões dos mesmos não possuem olhos.

Jubokko (*Os seis caminhos do yokaísmo*): *youkai* na forma de árvore que surge em campos de batalha a partir do rancor e sangue daqueles que morreram lá. Alimentam-se de sangue de viajantes azarados que entram em contato com as mesmas, sendo presos nas raízes destas.

Kamaitachi (*Os seis caminhos do yokaísmo*): *youkai* doninha que possui longas e afiadas unhas, normalmente viajam junto de redemoinhos e furacões cortando suas vítimas pegas no meio do vendaval. Em muitas versões, seus ferimentos são tão finos e precisos que cortam a pele sem verter sangue.

Kappa (*Os seis caminhos do yokaísmo*): *youkai* similar a uma tartaruga que habita rios e lagos. Possuem enorme força física, são lutadores hábeis de sumô e possuem três ânus, dos quais soltam peidos fedidos na cara de suas vítimas. Os mais agressivos matam as pessoas enfiando sua mão através do ânus da mesma e retirando o intestino e mais alguns órgãos em uma forte puxada. Podem ser abatidos ao se drenar toda a água da depressão de suas cabeças.

Kasa-obake (*Os seis caminhos do yokaísmo*): *youkai* com a forma de um guarda-chuva com uma única perna, um único olho e uma longa língua. Como outros tsukumogamis, os kasa-obakes podem nascer de guarda-chuvas descartados, são muito mais *youkais* arteiros do que perigosos.

Kitsune (*Os seis caminhos do Yokaísmo*): uma raposa de nove caudas do folclore japonês que possui inteligência, poderes metamorfos com os quais normalmente se disfarça de mulheres para enganar viajantes. Possuem toda uma leva de poderes sobrenaturais e podem ser muito perigosas. Ela têm contrapartes extremamente similares nos folclores chineses e coreanos também.

Mogwai (*77 dias em Bambu*): criatura tida como um monstro ou demônio na cultura chinesa. Faz mal a humanos e se reproduz em época de chuvas.

Mokumokuren (*Os seis caminhos do yokaísmo*): *youkais* com a forma das típicas portas japonesas deslizantes feitas de papel, mas com vários olhos. É dito serem inofensivos e normalmente se manifestarem em *shogis* de casas ou cabanas abandonadas.

Nurarihyon (*Os seis caminhos do yokaísmo*): *youkai* com a aparência de um ser humano idoso com a cabeça larga no formato de cabaças, trajado em *kasayas,* que eram as vestimentas de um tipo de monge, e armado com uma ou duas espadas. Aparentemente é um ser único, sem ser parte de uma espécie. São famosos por serem os líderes dos *hyakki yagyō*, por serem impossíveis de se prender ou capturar e por invadirem casas alheias em que tomam chá e ficam por lá como se fosse sua própria residência.

Seto taisho (*Os seis caminhos do yokaísmo*): *youkai* agressivo que possui a forma de um samurai feito de louça. Apesar de sua agressividade e toda a iniciativa de combate, são bem frágeis como o próprio material que os compõe. Podem ser abatidos com uma boa porrada.

Shayṭān (*Conhecimentos proibidos*): espíritos malignos da fé islâmica. Embora sejam por vezes confundidos com djinns, são todos malignos, incitando os homens ao pecado, sendo estes demônios vindos do inferno. Em algumas versões, eram djinns que após excessivos atos malignos se tornaram demônios.

Shirime (*Os seis caminhos do yokaísmo*): *youkai* travesso com uma forma vagamente humanoide, mas com um único olho saindo de seu ânus, com o qual assustam viajantes em estradas. Possuem uma cabeça humana ainda, no entanto não possuem bocas ou olhos.

Shui gui (*77 Dias em Bambu*): espíritos que, segundo o folclore chinês, pertencem a vítimas que morreram afogadas. Atacam outros vivos, arrastando estes para o lugar em que se afogaram, tentando afogar eles também. Podem realizar o *ti shen,* onde roubam o corpo de suas vítimas, deixando o espírito das mesmas em seu lugar como novo shui gui.

Tamamo-no-mae (*Os seis caminhos do yokaísmo*): a inugami mais famosa do Japão é uma raposa de nove caudas com um longo histórico de maldades através do mundo, tendo assumido a forma de diversas mulheres de soberanos dentro e fora do Japão, incitando seus governos e reinos ao caos. É tido como um dos quatro *youkais* mais perigosos do Japão ao lado de *shuten* doji, nurarihyon, e sutoku tenno.

Tanuki (*Os seis caminhos do yokaísmo*): *youkai* com a forma de um guaxinim inteligente com um saco enorme. Dono de incríveis poderes metamórficos que utiliza ao invocar poderes de constelações com o auxílio de uma folha, entre outras habilidades sobrenaturais. São inimigos mortais das kitsunes.

Tenome (*Os seis caminhos do yokaísmo*): *youkai* com a forma de um homem idoso e cego, mas com olhos nas palmas da mão com os quais observa tudo à sua volta. Apesar de serem tidos como inofensivos e como meros *youkais* curiosos em um conto do *Shokoku Hyaku Monogatari* de 1677, o mesmo foi responsável por remover de forma misteriosa todos os ossos do corpo de um homem ainda vivo.

Tsukumogami (*Os seis caminhos do yokaísmo*): *youkais* com a forma de objetos de valor descartados ainda em bom estado que adquiriram consciência. Muito mais que uma espécie, é uma classe de *youkai*. Vários *youkais* diferentes se enquadram como tsukumogami, tal qual kasa-obakes ou chōchin-obakes, guarda--chuvas e lanternas de papel respectivamente.

Wanyūdō (*Os seis caminhos do yokaísmo*): um perigoso *youkai* com a forma de uma roda de carroça em chamas com uma face humanoide no meio. Esta pertencente a algum daimyo tirânico fadado à morte ao servir o mundo dos mortos. É um guardião dos portões do inferno, sendo responsável também por capturar almas de alguns pecadores e as levar para o inferno.

Werehyena (*São apenas hienas*): traduzido ao pé da letra como "hienazomem", são seres similares aos lobisomens, mas com a forma de hienas. Contrário a estes, não são homens que se transformam ganhando características de lobo, porém hienas que se transformam ganhando as características de homens. Classificados também como um tipo de vampiro, são figuras malignas prevalentes em inúmeras culturas de origem africana, árabe e grega.

Xiangliu (*77 dias em Bambu*): ser monstruoso da mitologia chinesa, sendo um monstro com corpo de enguia e nove cabeças humanas. Possui um veneno letal e é famoso por trazer enchentes e envenenar lagos, devastando a ecologia por onde passa.

Xīqìguǐ (*77 dias em Bambu*): fantasmas de pessoas que morreram famintas. Alimentam-se de qualquer resto de comida deixados por pessoas e podem inclusive ser incitados a beber o *chi* de pessoas vivas. Às vezes são confundidos com os *e gui*, que são fantasmas famintos também, mas nascido da morte de pessoas imaturas.

Yuki-onna (*Incidente no Monte Hakkōda*): *youkais* sob a forma de uma mulher de aparência gélida com a pele clara e beleza distinta, capaz de sugar o calor dos homens. São encontradas em regiões gélidas e algumas costumam, sob aparências mais humanas, seduzir homens e atrai-los para seus lares antes de se revelarem, fazendo sexo com os mesmos, sugando durante o ato o calor até morte, revelando sua verdadeira identidade para o condenado no processo.

Esta obra foi composta na fonte ITC Legacy Serif,
tamanho 11 pt, e impresso em papel pólen soft 80g/m².
São Paulo, março de 2023